Isa & Ryo
「兄弟とは名ばかりの」

「おにいちゃーん、とか、言うべき?」
伊沙も悪のりで、そんなことを訊ねた。
稜が答える代わりのように、伊沙の耳許に唇をつけてくる。
その感触に一瞬びくっと自分の体が揺れたのが妙に恥ずかしくて、
誤魔化すように、伊沙は首を竦めながらまた笑い声を立てた。
(本文P.172より)

Chara

兄弟とは名ばかりの

渡海奈穂

キャラ文庫

この作品はフィクションです。
実在の人物・団体・事件などにはいっさい関係ありません。

目次

口絵・本文イラスト／木下けい子

1

まだ人影もまばらな朝の教室で自分の机に突っ伏していたら、ぎょっとしたようなクラスメイトの声が降ってきた。

「わっ、何で伊沙《いさ》いんの⁉」

「……俺のクラスの俺の席に俺がいて何が悪い……」

突っ伏したまま、伊沙は呻《うめ》き声で答えた。

「だっておまえ、まだ八時前だぞ？　あ、もしかして教室に泊まったのか？」

冗談ではなく驚いている相手の台詞《セリフ》に、「何でだよ」と言い返す気力も湧かない。

伊沙はとにかく眠くて眠くて、まともに瞼《まぶた》が開かないまま、やっと顔を上げて大欠伸《おおあくび》をした。

「さっき来たの。でも、眠くて……」

「俺、伊沙がホームルーム前に教室いるの、同じクラスになってから初めて見たわあ」

そう、倉敷《くらしき》伊沙と言えば、この二年五組の遅刻常習者だった。

ホームルームの最中に教室に滑り込むならいい方で、一限開始のチャイムの最後の一音、その余韻が消える寸前にやっと姿を見せる状態で、通常運転なくらいだ。

「最近なぜか早いんだよ、そいつ。夏休み明けてからこっち」

伊沙の斜め後ろの席に座っていた生徒も、薄気味の悪いものを見る目で伊沙を見ながら言った。一年生の頃から同じクラスで、伊沙の遅刻癖が入学当初からのものだと知っている。だから二学期が始まってこの五日間ほど、伊沙がホームルーム開始前からきちんと着席していることを、ずっと訝《いぶか》しがっていた。

「電車変えたんだよ、いつもより三十分も……早く……」

欠伸混じりに言って、伊沙は重たい頭を頬杖《ほおづえ》で支えるように、何とか体も机の上で起こした。

「おーっす——ってうわっ、伊沙、何でいんの⁉」

教室に入ってくるクラスメイトたちが、伊沙の姿を見ていちいち驚きの声を上げている。

「何でもいいじゃん、もー……」

伊沙はひたすらに、ただただ、眠い。

今日はとりわけ早く家を出た。勿論《もちろん》起きるのも、一学期までよりはるかに早い時間だ。なのに夜眠る時間は以前と大して変わらないから、寝足りなくて頭の中がグラグラする。伊沙はそもそも朝に弱いのだ。だからこそ遅刻常習犯だったわけで。

せめて一限が終わるまでゆっくり寝かせておいて欲しかったのに、クラスメイトたちに絶え間なく声をかけられて、ままならない。

級友たちが次々伊沙の姿に目を留めるのは、しかし当然のことかもしれなかった。

伊沙は少し長めの髪を明るい茶色に染めていて、たとえクラス全員が机に突っ伏していたとしても、その姿は一瞬でみつかるくらい目立つのだ。

しかも伊沙の座席は、教室後方ドアのすぐそば。日頃はこの時間帯に見当たらない頭が、教室に入るなり視界に飛び込んできては、嫌でも声をかけたくなるというものだった。

「伊沙、どうしちゃったんだよ？　おまえがこう連続で遅刻しないとか、こえーんだけど」

気づけば伊沙は、クラスメイトたちに囲まれていた。全員物珍しそうだったり、怖ろしいものを見る目で、伊沙のことを見下ろしている。

「……家族の方針でー……」

「家族って、親父さん？　ああ、担任から連絡行って、怒られたとか？」

「そんなもん……」

細かく説明するのが面倒臭くて——というよりも、説明しようがないので、伊沙は欠伸で誤魔化すと、よろめきながら立ち上がった。

「駄目だ、沈没する……トイレで顔、洗ってくる」

「おー、コケんなよ」

クラスメイトたちに送り出され、伊沙はよろよろと教室を出て、手洗いへと向かう。

寝ぼけたあまりに間違えて女子トイレに入る、などという事故がありえないのは幸いだった。ここは男子高で、職員用以外には男子トイレしかない。

そのトイレのドアを開け、一歩中に足を踏み入れた瞬間、歩きながら寝そうなくらいの睡魔にしつこく脅かされていた伊沙の脳が、一瞬にして覚醒《かくせい》した。

トイレに先客がいたのだ。

いや、学校のトイレに他の生徒がいるのなんて当然のことだったが、洗面台で手を洗っているのが、よりによって伊沙の今一番顔を合わせたくない相手だったせいで、一気に目が覚めた。

伊沙とは違って、几帳面に櫛《くし》を入れたような真っ黒い髪。それが野暮ったく見えないのは、やたら目許が涼しげな、ややもすれば冷たすぎる印象を与えるくらい整った顔立ちをしているおかげ。

身長は高校二年生の平均的な数字を持つ伊沙と大して変わりはないはずなのに、伊沙よりも随分高く見えるのは、猫背の伊沙とは違って、まるで背中に定規でも突っ込んだみたいに綺麗な姿勢をしているからだ。

「……」

相手も、間違いなく伊沙の存在に気づいたと思う。

何しろトイレは狭い。それに、鏡越しに目が合った。

「……よぉ」

目が合ったのに無視するのも何かと思ったので、気は進まないながら伊沙は相手に声をかけた。

「……」

だが、無視された。ふいっと鏡越しの視線が逸《そ》らされてしまう。

彼に無視されることには割と慣れっこだったが、それでもやっぱり伊沙はムッとする。

(ほんと、性格ワリーわ、こいつ)

伊沙は不愉快な気分で、相手から離れた洗面台の前に移動した。

「おい、ネクタイはちゃんと締めろよ」

おまけに挨拶《あいさつ》は無視したくせに、命令調で注意はしてくるので、伊沙はますますむかっ腹が立った。

よって、今度は自分から相手を無視する。

「髪もうちょっとどうにかしろ。ピアスも外せ。時間ギリギリまで寝穢《いぎたな》くベッドにしがみついてるくせに、どうして耳だの首だの手首だのにじゃらじゃら巻くのだけはきっちり毎朝こなすんだ」

無視してやったのに、冷たい声の叱責《しっせき》は続いた。

伊沙と相手の格好は、同じ学校の同じ制服だと思えないくらい、かけ離れている。

伊沙はたった今ずらずら相手に怒られたとおり、ブレザーの上着は引っ掛けるだけでボタンを留めず、シャツも上二つまで開け放ち、ネクタイはいい加減に結んで申し訳程度に引っ掛かっている程度。

ピアスは左に二つ右に三つ、ごつい腕時計の塡《は》まった手首には革のバングルを何重にも巻きつけていて、シルバーのペンダントを同じく革紐《かわひも》で首にぶら下げている。ズボンのベルトも学校指定外の形だ。

対する相手は、生徒手帳に記載されたとおり、すべてのボタンをきっちり留めて、ネクタイには歪《ゆが》みなく、腕時計以外の余計な装飾具は一切身につけず、いかにも優等生然とした空気を醸し出している。

彼について、第一印象で通り名をつけろと言ったら、十人が十人とも『委員長』と呼ぶに違いない。

事実彼は伊沙と同じクラスだった昨年度、前期後期を通してクラス委員長を務めていたし、クラスが離れた今もやっぱり委員長をやっているらしい。

「特進組と違って、就職組はそうそううるさく言われねーから、大丈夫だっての」

億劫《おっくう》な気分で、伊沙はそれだけ答え、洗面台の蛇口を捻《ひね》る。

「そういう問題じゃない」

相手の声はあくまで冷たい。伊沙はますます面倒臭い気分になった。

「いいだろ、学校じゃ、俺とおまえは他人なんだからさ、小谷君《こたに》」

他人、というところと、小谷君、というところに、わざわざ力を籠《こ》めて言い返してやる。

「――学校では、別に構わないけど」

伊沙の精一杯の嫌味に、相手はちっとも怯《ひる》まなかった。

「間違っても家で……母さんや父さんの前で、俺のこと小谷って呼ぶなよ」

そりゃそうだ、と思ったので、今度は無視というより、了承のつもりで、伊沙は相手に何も言い返さなかった。そのままばしゃばしゃと顔を洗う。とっくに目は覚めていたが、トイレに入ったのに何もしないのは間が抜けているし、このまま出て行くのもさすがに感じが悪い気がしたのだ。

「……おまえ、俺の名前、覚えてるだろうな?」

相手の方は伊沙の沈黙をどう解釈したのか、疑わしげな声音で訊ねてくる。

「いくら俺がアホでも、一ヵ月一緒に暮らしたヤツの名前くらい覚えてるっての、稜君《りょう》」

蛇口の水を止めて、濡《ぬ》れた顔のまま、伊沙は相手を見遣った。

「つーかそっちこそ覚えてんのかよ？　人のことおまえおまえって」

相手も伊沙のことを見返している。

「覚えてるに決まってるだろ、伊沙」

多分相手も嫌がらせのつもりで感情を籠めて伊沙の名前を呼び——お互い、何となく、げんなりした顔になる。

（まったく、しらじらしい）

うんざりと、伊沙が溜息をつくと同時に、相手からも溜息の漏れる音が聞こえる。

「……絶対、他の奴らには言うなよ」

相手に念押しされなくても、伊沙だって、誰にも言うつもりなんてない。

言いたくもない。

（こんなヤツと、この先もずっと一緒に暮らさなくちゃならなくなったなんて——）

だがそれは、動かしがたい事実だった。

倉敷伊沙と、旧姓小谷稜は、三週間前の夏休みの真っ最中、親同士の再婚で兄弟になったのだ。

2

そもそも小谷稜という男が、伊沙は最初から苦手だった。

伊沙たちが通う高校は公立ながらに結構な名門だ。稜はその入試で相当派手な高得点を取ったらしく、入学式では新入生総代の挨拶を任され、当然のようにクラス委員長の座に収まった。常に規律正しく礼儀正しく、テストの点数は申し分なく、運動までトップというわけにはいかないが、スポーツテストで学年総合十位以内に入るというそつのなさ。

一方の伊沙といえば、記念受験というかシャレで受けたらうっかり合格してしまっただけで、中学時代の担任教師や友人連中はメールで確認した合格通知すら信じず、「何かの間違いだから、本当の結果がわかっても落ち込むんじゃない」とオロオロしながら慰めてきた始末だ。

そんな伊沙にとって、稜はとにかく規則にうるさく、やれ髪の色がどうの長さがどうの、生活態度がどうのと細かいことをネチネチ注意してくる、面倒臭い相手だった。

稜も伊沙をはっきりと煙たがっていて、同じ教室にいた頃に「おまえのせいでクラスの品位が下がる」などと面と向かって言い放たれたことは、今も忘れられない。

二年生に進級して、クラスが別れた時は、これで委員長から風紀について説教をされなくてすむと、心底ほっとしたものだ。

二年生からは成績順でクラス分けがされた。進路によってカリキュラムが変わるのは三年次からだったが、すでに伊沙がいるクラスは大学進学も覚束《おぼつか》ない生徒の集まる『就職五組』、稜がいるクラスは国立理系を目指す『特進一組』と呼ばれている。

五組と一組の間には浅いながら溝があり、というより教室の空気やそこにいる生徒の性質があまりにかけ離れているから、何となく敬遠しあっているせいで、伊沙は年度が変わってから稜と顔を合わせることすらなかった。

だからすっかり相手の存在すら忘れて、のびのびと遅刻、校則違反の服装を続け、実に平和な学校生活を送っていた。

平穏な学校での暮らしとは逆に、ちょっとした事件があったのは、家庭の事情の方だった。

妻が亡くなってから十数年間を子持ちやもめとして暮らしてきた父親が、再婚を前提に交際している女性を紹介したいと言い出したのが、今年の春頃。

そして実際、二年生に進級してしばらくした頃、伊沙は一軒家の自宅で父親の恋人と初めて顔を合わせた。

相手は音楽教室のピアノ講師で、父親が息子に隠れてこっそり受講した『大人のピアノレッスン』の教室で知り合ったという。無骨で無愛想な父親がどの面下げてピアノかと伊沙は内心大爆笑だったが、彼女をひと目見て、これはいい歳したオッサンだってメロメロになるだろうと納得した。美人というだけではなく、物腰や雰囲気の美しい女性だった。

彼女はたびたび倉敷家を訪れ、嫌な顔ひとつせず、何くれとなく、父子の面倒を見てくれた。まだ三十代半ばという若さ、おっとりしていて美人で優しく、完璧《かんぺき》な家事の手腕を持つ彼女が新しい母親になることに、伊沙は諸手を挙げて賛成した。

伊沙の母親は物心つく前に病気でこの世を去っている。

だから母親という対象に懐かしさや寂しさを覚えることはあっても、何しろ記憶がないのでこだわりもなく、妻を失ってから四十を超す今まで女っ気の欠片《かけら》もなく過ごして来た父親の幸福を、伊沙は素直に祝うことができた。

唯一気になることといえば、その女性、江菜《えな》の苗字が、学校でもっとも気に喰わない男と同じだということだった。

(でもまあ、小谷なんて、そう珍しくない名前だし)

——あとになって考えれば、親たちは親たちなりに、『微妙な年頃の息子たちに、自分と同い年の連れ子がいるといきなり説明するのも何だし』と配慮していたのか、あるいは『実際会わせてしまえばこっちのものだ』と策略を巡らしていたのかの、どちらかだろう。

彼らはすでに、自分たちの子供が同じ高校に通う生徒同士であることを、知っていたはずだ。

江菜が倉敷家に通い始めて三ヵ月ほど経った夏休み開始直後、親子二組の初顔合わせの席で江菜の隣に稜の姿をみつけた伊沙は、正直腰を抜かしそうになった。

名の通ったホテルのレストランなどという、品のいい場所でなければ、実際後ろにひっくり返っていたかもしれない。

そのくらいびっくりした。

びっくりしたあと、伊沙の心を占めたのは、『この再婚話を稜にぶち壊しにさせるわけにはいかない』という思いだった。

妻を失って長い間女っ気のない暮らしをして、男手ひとつで自分を育てた父親は、そろそろ倖せになっていいはずだ。

打算もあった。江菜の料理は絶品で、男所帯の掃除も洗濯も嫌がらず、遊びにくるたびこなしてくれた。

それに何より、伊沙は江菜という女性に、もう好意を抱いていたのだ。

しかし自分を嫌いなはずの稜がどういう態度に出るかという伊沙の警戒は、まったく不要だった。

『やっぱり、倉敷って、君だったのか』

稜は信じがたく愛想のいい微笑《ほほえ》みを浮かべながら、伊沙に向かって、そう言ったのだ。

『これから兄弟になるのが、知ってる人でよかった。全然知らない人とか、年の離れた人が相手だったら、仲よくなるのが大変だろうなと思ってたから』

食事の最中、そう言って微笑む息子を、江菜が嬉しそうに見ていた。

伊沙も内心、ほっとしていた。

稜は学校ではちょっと厳しいだけで、委員長という肩書きがなければ、気さくでいいヤツじゃないか——などということも思った。

『そうだな、自己紹介の手間も省けるしな』

そもそも伊沙は、あまり他人に対して敵意を持たない性格だったのだ。

稜に対しても、言われることは腹が立つし、何より絡まれるのが面倒臭いなあと思っていただけで、相手が友好的な態度を取ってくれるのなら、自分から喧嘩《けんか》を売るつもりも起きない。

食事会は実に和気藹々《わきあいあい》と進んだ。江菜は倉敷父子と自分の息子を平等に気遣い、稜は実に礼儀正しく伊沙の父・余一《よいち》に接し、穏やかに伊沙に話しかけた。寡黙な余一はほとんど喋《しゃべ》らずに黙然と食事を口に運んでいたが、その分まで伊沙が面白おかしく学校でのことなどを話し、江菜と稜に明るい笑い声を立てさせた。

だから伊沙は、少々、大分、かなり驚きはしたが、まあこの人たちと新しい家族になるのは悪いことじゃないよなという結論を、改めて出していたのだ。

それがすっかり崩れたのが、食事を終え、親たちが会計をすませている間に、トイレで稜と二人きりになった時のこと。

『先に言っておくけど、俺は母には倖せになってほしいと思うからこの再婚には賛成するけど、おまえと馴《な》れ合うつもりはないからな』

トイレのドアを閉めた瞬間、稜の態度が豹変《ひょうへん》――というよりも、学校内で見覚えのある様子に戻っていた。

『――は？』

伊沙の方は、面喰らって、馬鹿みたいにぽかんと口を開けるばかりだった。

そんな伊沙から、稜が心からうんざりした風情で、顔を逸らした。

『同級生なのは仕方ないとして、よりによって倉敷なのが最悪だ。俺はおまえみたいにだらしない、いい加減な奴が嫌いなんだ。いいか、母さんと余一さんが再婚したら同じ家で暮らすようになるだろうけど、くれぐれも外聞の悪い言動を取ってこっちの評判を下げないでくれよ』

『……』

稜には悪意がない、ということが、残念ながら、伊沙にはわかってしまった。

伊沙を貶《おとし》めたくてそんなことを言ったのではない。

ただ稜は、純粋に、伊沙を『一緒にいれば自分の評判を下げる存在』と認識していて、『馴れ合いたくない』と結論を出しているだけだ。

それがわかったので、伊沙はただ罵倒《ばとう》されるよりも、かちんときた。

『そんなもん、こっちだって同じだっての。おまえみたいなクソガリ勉と兄弟になるなんて御免だけど、親父と江菜さんの再婚邪魔する気はないから、我慢してやるよ』

気づいた時には、売り言葉に買い言葉としか言いようのないものを返していた。

——息子同士の仲は険悪だったが、再婚話はとんとん拍子に進み、夏休みの間に小谷母子が倉敷家に越してきて、四人は家族になった。

ひとつ屋根の下で暮らすようになった稜は、二重人格かと思うくらい、両親と伊沙の前で態度を使い分けた。

江菜と余一の前では愛想よく、にこやかに、伊沙とも笑って話す。

伊沙と二人きりになれば、無視するか、生活態度を厳しく非難するか。

あまりに見事な使い分けに、こいつは実際二重人格なのだと伊沙は確信した。

(でもそうしたら、俺だって二重人格だ)

同時にそうも思った。伊沙だって、稜と二人きりの時は、やれそんな格好で廊下をウロウロするなだとか、脱いだ服はすぐ洗濯籠《かご》に入れろだとか、冷蔵庫は開けたらすぐ閉めろだとか言われていちいち反撥《はんぱつ》するのに、両親の前だと当たり障りなく笑ってやり過ごしている。そうするしかなかった。

稜も小谷から倉敷の籍に移ったが、高校卒業までは旧姓のまま過ごすことになった。

『担任たちにも口止めしておく。学校の奴らにはおまえと兄弟になったなんて知られたくないから、絶対人に言うなよ』

伊沙だってそのつもりだったのに、稜に先にそう言われてしまったことが、妙に悔しい。

『そうだな、おまえみたいに口うるさいのが俺の兄になったっていうんじゃ、学校中から同情されて面倒だし、死んでも言わねーわ』

伊沙は十一月生まれ、稜は十月生まれで、僅差《きんさ》だが、稜の方が年上だ。

相手の方が兄だというのも非常に気に入らなかったが、どうしようもない。

そういうわけで、伊沙はこの一ヵ月、稜とひとつ屋根の下で暮らしている。

夏休みが明けてからは、朝早くから稜に叩《たた》き起こされ、普段は食べない朝食を『せっかく江菜が支度してくれたんだから』と無理矢理掻《か》き込み、『一緒に登校なんかしたくないから、先に行け』と稜に急《せ》かされていつもより三十分も早い電車に乗って、ホームルーム前の教室に辿《たど》り着くようになった。

「あ、江菜さん、自分で運ぶからいいよ」

夕食のあと、江菜が皿を下げようとするのを、伊沙は慌てて制した。

「他のこと全部江菜さんがやってくれてるんだし、このくらい自分でやらないと罰当たる」

江菜はおっとりした性格の割に行動は素早くて、いつも伊沙が食後にひと息ついている間に、食べ終えた皿をてきぱき片づけられてしまう。

「そう？　大した手間じゃないから、いいのに」

優しく微笑む江菜の向こうで、さっさと自分の皿をシンクに運んでいた稜が、『もたもたしてるからだ』と言わんばかりの顔をして伊沙を見ている。

伊沙は引《ひ》き攣《つ》る笑みを浮かべた。

「大した手間じゃないから、俺がやるんだよ。ほら、稜だってやってるんだしさ」

別に江菜に気を遣ったり、稜に対抗するつもりではなく、伊沙にとっては実際大した手間ではなかった。小学生の頃までは、近くに住んでいた伯母がたびたび様子を見に来てくれたものの、中学に上がってから先月江菜が来てくれるまでは、倉敷家の家事をほとんど伊沙が引き受けていたのだ。

余一は仕事で忙しく、九時を過ぎたが、今日はまだ帰宅していない。再婚してしばらくはさすがになるべく早く会社を出るよう調整している様子だったものの、九月に入ってからはその埋め合わせをするべく、元どおり残業続きの生活になっている。その父親の世話を一切合切江菜に任せられる今の生活が、伊沙には心底ありがたかった。

「ありがとうね、伊沙君」

「いやいや……」

なのにたかが自分の皿を下げただけでお礼を言われて、伊沙は妙にこそばゆい心地になった。そしてこのまま自分の部屋に戻るか、あるいはここに残った方がいいのか、毎度のことながら迷う。江菜と稜が来るまでは、夜遅くに余一が帰宅するまで、家には伊沙一人だった。だから、さっさと部屋に戻ってしまっては江菜に失礼だろうかとか、逆にだらだら居間に残っていると気を遣わせるだろうかとか、そういう匙《さじ》加減がいまいちわからない。

結局江菜が食後のお茶を淹《い》れてくれたので部屋には戻らず、伊沙は居間に残ってぼんやりテレビを眺めた。『気遣ってるんじゃなくて、見たい番組があるからですよ』という態度を心懸けている間に、稜が江菜に促されて風呂に向かう。

そう長い時間かけずに稜が居間に戻ってきて、交替で江菜が風呂を使いに行った。

（江菜さんが上がったら、今度は俺が入って、俺風呂長いから上がる頃にはそろそろ親父が帰ってきて、そうしたら部屋に戻っても、江菜さんを一人にすることはないし――）

自分の取るべき行動について頭の中で思い巡らせていると、伊沙のそばに、風呂から上がった稜が近づいてきた。

即座に、伊沙は嫌な予感を覚える。

「おまえ、テレビばっかり見てるけど、学校の課題はちゃんとやってるのか?」

やっぱりお説教だった。二人きりになった時に稜が伊沙に話しかける用なんて、それしかない。伊沙はげんなりして、稜の方は見ず、テレビを見たまま口を開いた。

「一組と違って、ウチは大した課題は出ないの」

「大した課題は出ないってことは、大したことない課題は出てるってことだろ」

「細けーなあ……」

ちょっとした言葉尻も逃さず追及してくる稜が、伊沙にはやっぱり面倒臭い。学校でも家でも、とにかく面倒臭い男だ。

「明日ちゃんと友達に見せてもらうから、大丈夫だって」

「何が大丈夫だ。見せてもらったら意味がないだろ」

厳しい声で稜が言った。

「夏休みからこっち、おまえがまともに勉強してるところ、見たことがない。ここでだらだら怠けてる暇があったら、少しは机に向かったらどうだ」

「いーじゃねえか、別に……」

頭ごなしに叱責されて腹は立つものの、実際伊沙は未だに夏休みの課題をいくつか終えていない始末なので、言い返せない。伊沙のクラスでは珍しくもない怠惰ぶりだが、さすがにそれが威張れたものじゃないことくらいは承知していた。

「いいわけあるか。おまえは親の金で学校に通わせてもらってる立場だろう、高校は義務教育じゃないんだから、勉強する気がないならやめて働け」

だがそこまで言われて、黙ってもいられなくなる。伊沙はテレビから稜へと視線を移した。

「何でおまえにそこまで言われなくちゃなんねえの。そんな筋合いないだろ」

「あるに決まってる」

対する稜の声音は果てしなく冷ややかだ。

「学費を稼いでるのは父さんだ。父さんがこんな遅くまで残業してるっていうのに、自分だけ怠けて申し訳ないと思わないのか？　それに父さんの稼ぎはもうおまえ一人のものじゃなくて、家族全員、母さんや俺の生活費にもなるんだ。おまえだけ浪費していい筋合いこそない」

伊沙はぐっと言葉に詰まった。言われている言葉は正論だ。そう大袈裟《おおげさ》なもんかよと思いつつも、やっぱり反論ができない。

黙り込む伊沙を口調と同じく冷たい眼差《まなざ》しで見下ろしながら、稜がさらに続ける。

「あと、母さんのこと、名前じゃなくてちゃんと『お母さん』と呼べ。一応は家族なんだ、子供が母親を名前で呼ぶなんて、不自然だろ」

伊沙はこれにも、うまいこと返事ができない。

(そんなこと言われたって、なあ)

稜の方は、最初から当然のように余一のことを『父さん』と呼んでいる。

伊沙だって、家族になったからには、稜の言うとおり江菜のことを『母さん』と呼ぶのが当然だと思うし、何度もそうしようと思ってはいるのだが——どうも、うまくいかない。

最初に『江菜さん』と呼び始めてしまったせいもあり、今さら呼び方を変えるのがそこはかとなく気恥ずかしくて、タイミングが摑《つか》めないのだ。

「……もしかして、何か抵抗があるのか？」

照れていることを見透かされたくなくて、むっつりと黙り込む伊沙の様子に、稜がどこか探るような調子で訊ねてくる。

「本当の母親以外、そういうふうに呼びたくないとか……」

「え、いや、それは全然」

その部分を誤解されるのは困るので、伊沙は素直に答えた。

「産みのハハオヤのことは、すげぇ小さい頃に死に別れたから、全然覚えてないし。……つか、おまえこそ、うちの親父のこといきなり『父さん』とか呼ぶの、全然抵抗なかったわけ？」

「『うちの』じゃなくて、俺のでもあるって言ってるだろ」

稜は渋い顔で訂正してから、頷《うなず》いた。

「俺の血が繋《つな》がった方の父親も、俺が物心つく前……というか、俺が生まれる前に死んでる。一度も父さんって呼んだことがないから、別の人をそう呼ぶことに抵抗はない」

稜の方も父親と死別していることは、両親の再婚前に聞いてある。交通事故だったそうで、稜は覚えていないという以前に、そもそも自分の父親と会ったことがないのだと。

稜はいけ好かないヤツだったが、そこは伊沙も気の毒に思う。

「そうか……うちは親父がいるから平気だったけど、江菜さん一人でおまえを養うんじゃ、大変だっただろうな」

高校生の息子がいるにしては、江菜は随分若い。十代の頃に結婚して、稜を産んだ計算だ。おそらく就職の経験すらなかっただろうと、伊沙にも察しがついている。

「『江菜さん』じゃなくて、『母さん』だ」

しみじみ言った伊沙に、稜は頑固な態度でまた訂正を求めてから、言を継いだ。

「母さんの実家がそこそこ裕福だったから、暮らしぶりで困ることはなかった。俺が中学に上がるまでは、祖父母の家で世話になっていたからな」

稜や江菜のかつての暮らしについて、伊沙はまだ知らないことの方が多い。稜の祖父母の家には、夏休みの間に一度だけ挨拶に行った。その家で、小さい頃の稜が暮らしていたのだ。

「母さんが働きに出たのは、もともとピアノの教師になるのが夢だったっていうのと、祖父母に甘えっぱなしだと申し訳ないのと、俺に手がかからなくなったから家に閉じこもる必要がなくなったっていうだけで、生活に困窮してってわけじゃない」

「ああ……そっか、悪い、変な言い方した」

そういうつもりではまったくなかったが、稜にはその言葉が自分たち母子を憐《あわ》れむもののように感じられたのかもしれない。

謝罪した伊沙を、稜は大した感慨もないという表情で見下ろしている。

「とにかく、おまえも母さんの息子となったからには、母さんに恥ずかしくない振る舞いをしろよ」

稜の声音は、とにかく厳しくなる一方だ。

「表向きは無関係とはいえ、学校の書類上でももう母さんがおまえの保護者になってるんだ。おまえが学校で問題を起こした時、呼び出されたり、注意を受けるのは、仕事で忙しい父さんじゃなくて、母さんなんだからな」

稜の言葉はどうあっても正論でしかなかったが、あまりに高圧的な態度に見えて、伊沙には諾々と受け入れることができない。

「やだ。俺は俺のやりたいようにしかやらない」

稜から顔を逸らしてそう言うと、呆《あき》れたような溜息が聞こえた。

「ガキ」

一言だ。伊沙は手許のリモコンを取り上げて、テレビの音量を大きくした。

「――どっちがだよ、マザコン」

売り言葉に買い言葉というやつなのは承知していたが、子供だと断じられたのが悔しくて、伊沙はついそう言い返してしまう。

「うるさい、動物。子供が母親を大事にして何が悪い」

稜の方は、男ならば聞き逃せないだろう悪口を言い放たれても、特に逆上する様子もなく、伊沙を冷たい目で見下ろすばかりだ。

「動物って何だよ」

「やりたいようにやるなんて獣類並みだろ」

相手を怒らせてやろうと思ったのに、自分の方がカッとなって、伊沙は稜を睨《にら》みつけた。

「俺だってギリギリ霊長類だ！」

「あらあら、大きい声出して。どうしたの？」

伊沙が思わずソファから腰を浮かせかけた時、風呂から上がった江菜が居間に戻ってきた。言い争いの声が、廊下の方まで聞こえていたらしい。

伊沙と稜は、揃《そろ》ってハッとなって、反射的に笑顔を浮かべる。

「伊沙が生物の授業でわからないことあるっていうから、教えてたんだ」

「いやーさすが稜は頭いいし、教え方丁寧だから、助かるなあ」

自分でも白々しいと思ったが、伊沙も稜に合わせておいた。江菜に心配をかけるのは、やっぱり本意ではない。

江菜はそれ以上何も問わず、微笑んで伊沙の方に視線を向けた。

「伊沙君、お風呂空いたから、お湯が冷めないうちに入ってね」

「あ、うん」

これ幸いと、伊沙は今度こそ立ち上がり、稜のそばから離れた。

(駄目だ、やっぱこいつとは合わない)

本当に、伊沙は誰かに対して敵意を持ったり、言い争いをするような性格ではないのだ。喧嘩をすることすら面倒臭くて、苦手なヤツがいれば、ただのらくらと避けて通ることを信条としていたのに。

家族になったからにはそうもいかない。この状態が、少なくとも独り立ちできるようになるまで続くのだと考えたら、伊沙はぞっとした。

（向こうがいちいち突っかかってこなけりゃ、お互い適当に無視して、必要な時だけ話して、それでうまくやってけるはずなのに）

こっちが気に喰わないのなら、稜も無視してくれればいいのにと、伊沙は心底から願う。江莱が母親になってくれるだけだったら、これほど喜ばしい再婚話もなかったのに、稜までくっついてきたせいで、疲れることこの上ない。

せめて風呂の中でくらいゆっくりしようと、もともと長風呂好きな伊沙は、のぼせる寸前まで湯に浸かることにした。

◇◇◇

ひと月ぶりに訪れた古い屋敷は、何だかがらんとして見えた。

「稜、あちらのおうちではきちんと生活してる？　倉敷さんに、ご迷惑はおかけしてない？」

家に上がってから一時間の間で、もう五回目の質問だ。

「大丈夫です、俺も母さんも、しっかりやっていますから。倉敷さんも伊沙君も、本当によくしてくださってるし」

きっちりと膝を揃え、背筋を伸ばして正座。祖父母の前に出る時、稜はいつでも微妙な緊張感を強いられる。少しでも姿勢を崩したり、言葉を乱してはいけないと。

「なら、いいんだけど……」

「あちらさんも再婚とはいえ、せっかく傷物に瘤《こぶ》つきの女を貰ってくださったんだ、間違っても、倉敷さん親子にやっかいをかけるような真似をしてはいけないよ、稜」

揃って七十の坂を越そうとする老齢の祖父母は、懇々と、孫にそう説き続ける。

旧家と呼ばれるような家柄で、今の家も広いが、昔はさらにたくさんの土地を持っていた。相続の問題と、早世する血縁者が多いせいで管理しきれないこともあって、少しずつ資産を手放し、今ではこの小谷の屋敷に稜の祖父母がたった二人で暮らすようになっている。

小学校を卒業するまで、稜は江菜と共にここで生活していた。小谷は江菜の実家で、彼女が高校を卒業するまで暮らしていた家だが、稜はずっと、この家に馴染めないままでいた。

建物が古すぎるせいか、人が少ないせいか、いつも何となく暗くて、不安な気持ちになる。

——今も。

「もしも金銭のことで困ったことがあれば、すぐにうちに相談しなさい。あちらも稜と同い年の息子さんがいて、学費だなんだと入り用だろう。うちはおまえが成人するまで面倒見るくらいの蓄えはあるんだから、あちらさんに負担をかけないように……」

「わかりました。倉敷さんは家族四人充分養っていけるだけの仕事に就いてるけど、万が一の時はお願いします」

根気よく、祖父母の愁《うれ》いにつき合ってから、稜はようやく小谷の家を後にした。

学校が休みの日曜日、倉敷家から電車を乗り継いで母親の実家を訪れたのは、月に一度は祖父母の様子を見に来ようと稜自身が決めているからだ。

江菜もついてくると言ったが、再婚して間もない時期に里帰りしては祖父母にまた要らぬ心配をされるだけだと思って、断った。祖父母はひどく古風な人たちだから、『もう暇を出されたのか』とオロオロするのが目に見えている。

（いい人たちで、俺と母さんを案じてくれるのはよくわかるんだけど――）

心配性と言える域に思えるのは、一緒に暮らしていた頃からだ。二人のことを、稜は嫌いではなかったが、少し苦手だった。

（……そんなこと考えるなんて、罰当たりだ）

ずっと世話になっておきながら苦手だなんて、恩知らずにもほどがある。稜は反省しながら、今住んでいる倉敷家に帰っていった。

「あら、稜君、おかえりなさい」

近所まで戻ってくると、顔を見たことのある主婦が稜の姿をみとめて、声をかけてきた。稜は愛想のいい笑みを浮かべ、会釈する。

「こんにちは」

目上の人には、礼儀正しく。誰が相手でもそうするように、祖父母から躾《しつ》けられた。物腰穏やかな稜の挨拶に、主婦はいつも感心したように、好意を明らかにした笑顔を返してくれる。

住宅街の真ん中にある倉敷家は、小谷の屋敷に比べれば慎ましいサイズの一軒家だったが、ここに『帰る』方が稜は何だかほっとする。以前江菜と二人で暮らしていたのは小さな安アパートで、足音やドアの開け閉めにも気を遣うし、近所の人たちの柄が悪かったので、自分はともかく江菜を住まわせることが心配だった。

「ただいま——」

鍵を開けて玄関に入ると、きちんと整頓された沓脱《くつぬぎ》には、一人分の靴しかない。大きな革靴。余一のものだ。

家に上がり、稜は居間に向かった。ソファに余一が一人で座り、新聞を読んでいる。

「ただいま、父さん」

稜が声をかけると、余一が新聞から目を上げ、小さく頷いた。

「——うん」

新しい父親は、寡黙であまり愛想のない人だったが、誠実さが全身から滲《にじ》み出ているような雰囲気で、稜は一目会った時から彼のことが好きだった。

『宴会芸でピアノを弾くことになったって、基礎の基礎からきちんと習うために通ってる生徒さんがいるの。全然笑わないし喋らないんだけど、すごく一生懸命で、真面目な人なのよ』

江菜がたびたびその『生徒さん』のことを教えてくれていた頃から、すでに好意を感じていたのだと思う。

「母さんは？」

「買い物に。伊沙は、友達の家だ」

「……そう」

「冷凍庫に、アイスが入ってるぞ」

不在の江菜に代わって余一のためにお茶でも淹れるべきか、それとも新聞を読む邪魔をしないように部屋に引っ込むべきか、迷っている稜に余一の方から声をかけてくる。

「あ――じゃあ、いただきます」

余一の方も、義理の息子に気を遣ってくれているようだ。そのことに感謝しつつ、稜はキッチンの冷蔵庫に向かった。

「父さんも、食べる？」

「そうだな、もらおうか」

稜はカップのアイスをふたつ、スプーンを二本取り出して、L字型のソファに腰掛ける余一の斜め向かいに自分も座った。二人して、アイスを食べ始める。

余一は黙然とバニラアイスを削っている。稜もすぐには話題が思い浮かばず、アイスを食べながら、何となく余一の背後、壁際の棚に飾ってある写真立てに目を遣った。

夏休みの最中に撮った、『家族』の写真だ。再婚同士だし、江菜が「この年で……」と恥ずかしがったので結婚式はやらなかったが、代わりに四人で写真を撮りに行った。江菜は少し華やかなワンピースに、余一は三つ揃いのスーツ、稜と伊沙も制服ではなくわざわざスーツを仕立ててもらった。

(あいつ、きちんとした格好してりゃ、そこそこ見られるのに)

普段はいい加減に散らしている髪をきちんと整え、ネクタイを締めてまっすぐ立っている伊沙は、写真で見るだけだととても品よく、賢そうに見える。この写真の伊沙なら、まあまあ『合格点』だ。

椅子に座った江菜、その椅子に手をかけて寄り添う余一、それぞれの隣にいる伊沙と稜。ごくありふれた家族写真に見えることが、稜には嬉しい。

(再婚相手が余一さんで、よかった)

余一は理想的な夫で、理想的な父親だ。名の通った会社で年齢よりも早い出世を果たし、持ち家があり、蓄えもある、堅実な暮らしぶり。

前妻とは離婚ではなく死別だったというのも、十五年間独身だったというのも素晴らしい。

余一に対する近所の評判も上々で、江菜の再婚相手として、まったく申し分のない人材だ。

しかし稜にわからないのは、この真面目が服を着て歩いている印象の余一から、どうやったらあのいい加減な息子が育つのかということだ。

（そりゃ、俺も小谷の家に行ってきたけど。まだ家族になって間もないんだから、遊びになんか行かずにちゃんと家にいて、早く慣れるようにするもんだろう）

そもそも倉敷伊沙という男が、稜は最初から苦手だった。

茶色い髪に、着崩した制服、学校生活にまったく必要ないはずのアクセサリー。ひと目見ただけで、絶対に近づきたくない相手だと認識した。

去年一年間、同じクラスにいた時は毎日苦痛だった。クラスにはみ出し者がいれば、注意を受けるのは委員長である稜だ。なのに伊沙は「関係ない」だの「面倒臭い」だののらくら逃げ回り、一向に生活態度を改める気配もなかった。

今年度に入って、クラス分けで離れた時は、心の底からほっとしたというのに。

まさか自分の弟になるだなんて、思ってもみなかった。

（うまくやっていける気がしない）

稜が余一と揃ってアイスを食べ終える頃、江菜が帰ってきた。

江菜が夕食の支度を始め、稜が手伝い、食卓に料理が揃っても伊沙は帰ってこなかった。

「伊沙君、お夕飯はお友達と食べてくるかもしれないって言ってたから、食べちゃいましょう。余一さんも稜もおなかすいたわよね」

結局、食事は三人でとった。

伊沙が帰ってきたのは、もう夜の十一時を過ぎようとする頃で、余一はすでに寝室に入り、江菜は明日の弁当の下拵《したごしら》えをしているところだった。

「――遅い。何やってたんだ」

ドアの方で物音がするのを聞いて、居間にいた稜は急いで玄関に向かい、中から鍵を開けてやった。

稜が出迎えたのを見て伊沙は面喰らった顔をしていたが、早速お説教が始まると、不機嫌そうに顔を逸らしていた。

「夕飯いらないって、出かける前にちゃんと江菜さんに言った」

「そういう問題じゃない。食事は家族でとるべきものだ」

相手が納得して反省するまで逃す気はない。稜は上がり框《がまち》に立ち塞《ふさ》がって、伊沙を家の中に入れないようにした。

「そんなこと言われたって、うちじゃ俺も親父も一人でメシ喰うのがあたりまえだったし」

伊沙はただただ煩わしそうだ。伊沙が何より面倒臭いことを嫌っているのはわかっていたが、それは稜が引き下がる理由にはならない。

「今は状況が違うだろ。——母さん、おまえの分も、念のためって食事作ってたんだぞ。外で食べてくる『かも』って言ってたから、食べてこなかった時おまえが困るだろって」

稜の言葉を聞いて、伊沙がさすがにばつの悪そうな顔になった。

「そっか……」

少しは考え込む顔になったので、稜はやっと廊下の端に避けてやった。

伊沙はそのまま、居間に入って、キッチンにいる江菜に声をかけている。

「ただいま、江菜さん」

「あらおかえりなさい、伊沙君。お友達のところ、楽しかった？」

「うん、つい居座っちゃってさ。あ、テーブルの上のとんかつ、夕飯の残り？　メシ喰ってきたけど、喰い足りないからもらっていい？」

「じゃあ、温めましょうか」

「いいよいいよ、自分でやる」

伊沙は気軽な調子で江菜に声をかけ、ラップのかかった皿を電子レンジに放り込んでいる。

伊沙の後から居間に入って、江菜とのやり取りを見ていた稜は、その態度に呆れた。反省したのかと思って解放してやったが、伊沙にはちっとも悪怯《わるび》れたところがない。

「伊沙君はお醤油の方がよかったのよね?」

だが江菜は、自分の料理を伊沙が食べてくれることが、嬉しそうだ。

「そうそう、ソースやなの俺。店で喰うと、最初っからかかってる時とかあるじゃん? もう最悪」

温まった皿を持って伊沙がテーブルにつくと、早速とんかつを口に運んでいる。

「やっぱ美味《うま》いなあ、江菜さんのごはん。出来合いじゃないとんかつ食べるのなんか、超久しぶりすぎて」

伊沙の口ぶりは、あながちお世辞という感じでもない。

「親父がたまに作る料理なんか食べられたもんじゃなかったし、俺のも男の手料理って感じで、切る! 煮る! みたいなさ」

「でも伊沙君が前に作ってくれたシチュー、美味《おい》しかったわよ」

「あれこそ切る煮るの典型じゃん、美味しいのは俺の腕じゃなくてルーだしさ」

伊沙と江菜は、和気藹々と会話をしている。おそらく再婚前に江菜が倉敷家に通っていた頃の話だろう。稜にはわからない話題だ。

（こいつ、調子だけはいいよな）

伊沙はいい加減な性格のくせに、学校では他の生徒とすぐ仲よくなるし、教師からも可愛がられている。人当たりがいいところだけは、まあ取り得なのだろうと稜も認めざるをえない。

居間の出入口のところでその様子を眺めていた稜は、小さく溜息をついて、自分の部屋に戻るために踵《きびす》を返しかけた。

「あ、稜」

その背中に伊沙が呼びかけてきて、稜は相手を振り返った。

「土産、ゼリー買ってきた。喰えば」

「……」

見遣れば、テーブルの上に、菓子屋の箱が置いてある。

多分、伊沙は伊沙なりに気遣ってくれてはいるのだろう。

「ありがとう、ゼリー、好きなんだ。もらうよ」

夕食の分で満腹だったが、きっとそれは外で食事をしてきたらしい伊沙も同じだろう。

稜は頷きを返し、とんかつを食べる伊沙と、嬉しそうにそれを見守る江菜の方へと戻った。

3

余一《よいち》と江菜《えな》の再婚から、きっかりひと月が経った。

伊沙《いさ》と稜《りよう》は、学校ではお互いを無視して、江菜や余一の目がある時には『すっかり打ち解けた兄弟』のふりを続けている。

稜は相変わらず二人きりの時は口うるさくて、伊沙はどんどん相手が苦手になっていく。

(俺の方が弟っていうのがやっぱり気に喰わないし)

まあ弟と言っても書類上のことで、相手を「お兄ちゃん」などと呼ばなくてはならない義理があるわけでもないから、単に気分の問題だけだったが。

「何か伊沙、いつにも増して怠《だる》そうだなあ」

学校の休み時間、移動教室のために廊下を歩いている時、周りのクラスメイトから呆《あき》れたように言われてしまった。

「無遅刻続いてると思ったら、授業中は寝てるし。何なのおまえ」

「早起きさせられるから、眠いんだよ」

面白くない気分が続いているのは、そのせいもある。稜は毎朝毎朝伊沙の部屋に入り込み、ベッドから叩《たた》き落とす勢いで起こしてくるのだ。

実際タオルケットごと床に落とされる日もあり、いくら朝に弱い伊沙でも、否応《いやおう》なしに目を覚まさないわけにはいかなかった。

(今日もそのせいで、床に肘《ひじ》ぶつけるしよ)

うっすらと痛む肘をさすりながら歩いていた伊沙は、廊下の向こうに、同じく次の授業のために移動中らしき稜の姿をみつけた。

稜も伊沙に気づいたようだが、ごく自然に目を逸《そ》らして、声をかけることもない。

勿論《もちろん》伊沙だって相手に声をかけたりもしなかったのだから、無視されたことに気を悪くする筋合いもないかもしれないが、やっぱり何となくムッとする。

「仲いいヤツに注意されるってなら、まだ聞いてやろうかなって気にもなるけどよ」

「あ？　伊沙、何言ってんの？」

ぶつぶつと呟《つぶや》いた伊沙の声を聞いた友人が、不審そうに訊ねてくる。

伊沙は「何でもない」と仏頂面のまま応えた。

放課後になり、家に帰れば稜がいることを考えれば億劫《おっくう》な気分だったが、江菜を心配させるのも嫌なので、伊沙はまっすぐ帰宅した。

「ただいま――」

ここ一ヵ月の習慣で、自室に戻る前に居間に顔を覗かせてから、伊沙はそこに江菜の姿がないことに気づいた。

伊沙より一足先に帰ってきていたらしい稜が、制服姿のまま、テーブルに置かれたメモ用紙を見ている。

「あれ、江菜さんは？」

声をかけてみると、冷たい一瞥《いちべつ》が返ってきた。稜は未《いま》だに伊沙が江菜を名前で呼んでいることが、気に喰わない様子だ。

「今日から火曜も仕事だって言ってただろ」

「あ、そっか」

江菜は再婚後もピアノ講師を続けていて、昼から夜までの間、家を空けることがある。今までは新しい生活に慣れるため回数を減らしていたが、今日からは元どおり週に三日のシフトに戻るのだと、そういえば朝食の時に聞いた気がする。

「九時くらいには帰ってくるんだっけ？」

見れば、テーブルやキッチンには、夕食の準備が整えてあった。江菜が出かける前にすませておいたものだ。稜が手にしているのは、その夕食の指示だろう。江菜は自分の仕事があっても、家事は一切手を抜かなかった。

「じゃあ夕飯まで、部屋にいるわ」

一応稜に断るが、返事はない。いつものことなので放っておく。江菜がいないのなら、気を遣って居間に居座る必要もない。伊沙は自室へと移動した。

(親父の稼ぎがあるんだから、江菜さんがわざわざ働きに出なくても——なんて言うのは、ヤボってやつだよな)

余一はまだ江菜のクラスをやめていないらしい。家にも江菜の持ち込んだピアノがあるのに、教室で二人きり、教師と生徒として会うのが楽しみらしいことは、伊沙も気づいている。

(大人のためのレッスン、だって)

息子の目から見ても朴念仁《ぼくねんじん》の余一が、美人ピアノ講師を相手に一体どんな授業を受けているのか、想像もつかない。

——というか、あんまり想像したくない。

「あーあ、親父は美人の嫁さんと仲よくデートで、俺はあいつと二人で夕飯か……」

制服を着替えながら、口に出してみると、滅入ってくる。江菜がいないのなら、時間を潰《つぶ》してから帰ってくればよかった。

悔やみつつ、伊沙はベッドでごろごろと雑誌などを読んで時間を潰してから、腹が減ってきたので再び階下へ向かった。

居間に続くドアを開けた時、ガシャンと、派手な音がしたのでぎょっとする。中を見遣れば、キッチンに立ち尽くした稜が、両手を宙に掲げて自分の足許を見下ろしているところだった。

(またか)

声には出さず、伊沙は内心で思った。

稜はおそらく夕食の支度をするつもりだったのだろう。配膳の途中で、皿を落として割ってしまったのだ。

「動くなよ、今、掃除機持ってくるから」

伊沙はすぐに納戸に向かい、箒《ほうき》とちり取りと掃除機を持ってきた。突っ立っている稜の周りに落ちた皿の破片を手早く箒でちり取りにまとめ、細かい破片は掃除機で吸う。

稜の服にも散っているといけないので、ついでに、そのズボンにも大雑把に吸い取り口を当ててやった。

「怪我《けが》ないか?」

「……ない」

稜は憮然《ぶぜん》としていた。

何しろ稜がこうして皿を割るのは、伊沙が覚えている限り三回目だ。

几帳面そうな雰囲気とは裏腹に、稜は案外不器用らしい。食事の支度の他にも、稜は江菜を手伝ってあれこれ家事に手を出しているものの、洗濯物の畳み方はいまいちだし、風呂掃除をすればなぜか服をやたら濡《ぬ》らすし、掃除機をかけてもホースの先を替えることを知らず部屋の隅まで行き届かない。

（努力してるってのだけは、ものすごく伝わってくるんだけど）

皿の残骸《ざんがい》と掃除機などを片づけ、伊沙は稜に成り代わり、食事の支度をした。

支度と言っても江菜が作ってくれた料理を温めて皿に盛り、冷蔵庫にしまってある分を取り出して、テーブルに並べればすむだけの話だ。

「おまえは、ラップ外しといて」

これ以上被害が出ないようにと、伊沙はすでにテーブルに並べられている皿を指した。稜は憮然としたままだが、伊沙に従って黙然と皿のラップを剝《は》がしている。

伊沙はコンロの火にかけられたフライパンの蓋《ふた》を取って、ぎょっとした。

「えっ、何でこんな煮詰まってんのこれ」

火を通せば食べられるようになっていたはずの野菜炒めらしきものが、激しい火力でぐつぐつと煮詰められている。キャベツにニラに油揚げにベーコン、野菜炒めの具に見えるのに、過剰な水分のせいですべてふやけてしまっている。

「火にかけたら焦げだしたから、水を入れたんだ」

稜は、腑《ふ》に落ちない……という顔で、フライパンの中の野菜炒めというか、野菜煮を見下ろしている。

「いや、入れるなよ。味付けまで江菜さんがしてくれてるのに、台無しじゃん」

伊沙がキャベツを一切れ摘んでみれば、すっかりくたくたになり、水を入れたせいで味も飛んでしまっている。伊沙は具を落とさないように水気だけシンクに零《こぼ》し、ちょっと思案してから塩胡椒《こしょう》を足してみた。

「稜、卵取って。二個くらい」

「卵？」

伊沙に呼びかけられ、稜は怪訝《けげん》そうにしながらも、冷蔵庫から卵を取り出してきた。それを受け取って器に中身を割って落とすと、手早く菜箸《さいばし》で解《ほぐ》し、適当にフライパンの中に流し込む。

「何か失敗したなーって時は、卵で綴《と》じちゃえばいいんだよ」

経験者は語る、というやつだ。伊沙だって、料理に慣れるまでは数々の失敗を経験してきた。

「おまえ、うち来る前、全然料理したこととかなかったの？」

ついでに、隣のコンロで煮立っている味噌汁《みそしる》の火を消し、こちらもすっかり出汁《だし》の風味が飛んでいるのを確認して、インスタントの出汁の素をパラパラ落とす。江菜は鰹節《かつおぶし》から出汁を取ってくれたようなのにこれも台無しだが、仕方ない。

「……うちは、家事は女性の仕事だって言って、祖父が手伝わせてくれなかったから」

どことなく決まり悪そうな顔で、稜が言う。

「だからせいぜい、自分の部屋の掃除とか、祖父の目を盗んで洗濯物を取り込んだりくらいしか」

「まあ江菜さんいて、ばあさんもいたっていうなら、おまえの出る幕なかったかもしれないけどさ」

話しながら、伊沙は一人でてきぱき盛りつけをしていった。

稜は手を出さず、ただ伊沙の動きを眺めている。

「おまえは……この間、母さんがおまえの料理を食べたって言ってたけど、自分で料理をしてたのか」

「小学校の調理実習レベルだけどな。ウチは俺が主婦みたいなもんだったし。全然手抜きだけど、一週間の半分くらいは作ってた」

卵綴じに生まれ変わった野菜炒めも皿に盛り、テーブルに並べる。

「……すごいな」

威張れるような料理ではなかったが、見ていた稜の『思わず漏れてしまった』という雰囲気の呟きに、伊沙も何だか悪い気がしない。

「単に慣れだって。おまえってどうも、家事の手伝いする時に『やるぞー、やるぞー』ってすごい気合い入れてるだろ？　だから緊張して失敗するんだよ、失敗してもどうにかなるって気分でいれば、むしろ失敗しなくなるもんだって」

伊沙がテーブルに着くと、稜もその向かいに腰を下ろす。稜は伊沙の言葉を、小さく頷《うなず》きながら聞いている。

まるで授業中に教師の言葉を熱心に聞いている生徒——という風情に、伊沙はこっそり笑いを漏らした。

（いきなり素直になるなよ、面白いなあ）

稜は日頃口うるさくて威張っているが、空威張りだけはしない性格のようだ。自分よりも相手の方が優れていると認めれば、素直にそれを認めて、言葉に耳を貸すらしい。

そういうところがやけに意外で、伊沙には興味深かった。

「面倒臭がりの割に、料理はちゃんとできるんだな……」

稜は稜で、意外そうな顔で、伊沙と伊沙の作った料理を見比べている。

「そりゃ面倒だけど、毎日コンビニ飯だとさすがに飽きるだろ。それに体がもたないんだよ、風邪引きやすくなったり」

「そういうもんか」

「そうそう。俺一人ならともかく、親父にぶっ倒れられたら、子供は食いっぱぐれるしさ」

いただきます、と伊沙が箸を手にすると、稜も同じように食事を始める。

おそるおそる卵綴じを口にした稜は、伊沙の向かいで小さく目を見開いていた。

ちゃんと美味《おい》しかったのだろうと、伊沙は稜の反応に満足した。

「――正直、おまえのこと、もっとだらしなくていい加減な奴だと思ってた。あんまり手伝いもしないし」

卵綴じひとつで、稜は伊沙に対する見解を少々改めた様子だ。

「もしかして、去年は家事をやってたから遅刻したり、疲れて居眠りしてたのか?」

思い至ったように訊ねた稜から、伊沙は目を逸らした。

「それもなくもないけど、単純に生まれつき計画性に乏しいっていうか……」

本当に、威張れるほど家事をまともにこなしてきたわけではないのだ。手抜き主婦のさらに十倍は手抜きだろう。稜に感心されるのは少し気分がよかったが、嘘《うそ》をつくのも後ろめたくて、伊沙は正直なところを打ち明ける。

「ついダラダラしちゃうんだよな。ほら、腹が減れば料理は作るし、着るものなくなりゃ洗濯するけど、寝坊しても電車は走ってるから、眠たくなるまでは起きてるっていうか……」

伊沙の言い訳にもならない言い訳を聞いて、稜がまたいつものように呆れ顔になってしまった。

「どういう理屈だ、それは」

「いや、通学電車が一本しかないっていうなら、多分それにどうにか間に合わせようと頑張ると思うぜ?」

フォローしたつもりが、ますます呆れられてしまう。

――が、今日はいつもより、眼差《まなざ》しの冷たさが緩和されている気はする。自分が不得手な家事を伊沙がこなすことを知ったので、稜の中で伊沙の評価が若干ながら上がったのだろう。

「わかった、じゃあ、今日は少なくとも十二時前には寝ろ。おまえ、勉強してるわけでもないみたいなのに、毎日随分夜更かししてるだろ。部屋の電気が漏れてるし、音楽が聞こえてるし」

「あ、悪い、音うるさかった?」

「トイレに行く時とかに廊下に漏れてるだけで、俺の部屋までは聞こえてない。俺も勉強する時は音楽かけてるし」

「つか、俺が起きてるのわかるってことは、おまえもそのくらいまで起きてるってことじゃねえ？」

なのに稜はいつも伊沙より早起きして、伊沙を叩き起こしにくる。

稜の性格からして、自分のように授業中居眠りして睡眠不足を補ったりはしないだろう。そんなことで毎日体がもつものなのかと、伊沙は少し気に懸かった。

「おまえもさっさと寝ろよ。栄養の偏りと同じくらい、睡眠不足は体によくないんだぞ」

倉敷《くらしき》家の信条は『健康第一』だ。余一があまり息子の生活態度や成績について口を出さないのは、「病気をしなければそれでいい」と思っているからだろう。伊沙の母親が病がちだったせいもある。

「俺は勉強がある」

稜の方は、睡眠よりも勉強を重んじているようだ。

「人に寝ろっつっといてそれはないだろ」

「俺は寝坊しないからいいんだ。おまえと違って」

たしかに稜が寝坊したところを伊沙は見たことがないが、そういうことを言いたかったわけでもない。

「寝ないと背も伸びないんだぞ」

「俺の方が背は高いだろ」

「えっ、嘘、いくつ?」

「四月の身体測定で百七十六」

「……半年経ってるんだから、俺の方が伸びてるかもしれないよな」

「やっぱり俺の方が高いんじゃないか」

「現状だとわかんないだろ、じゃあいいよ、明日保健室で測ってくるから。俺の方が高かったら、勉強なんてしてないで、俺より先に寝ろよ?」

「だから理屈がおかしいんだよ。おまえの背が低いのと俺の勉強は関わりないじゃないか」

「視野を広げたら関わりあるんだって——」

「ただいま。あらあら、賑《にぎ》やかね」

食べながら言い争っているうち、仕事から戻ってきた江菜が部屋に姿を見せた。

話に夢中になっていたから、伊沙も稜も江菜の帰宅に気づけなかった。

「あ、おかえり江菜さん」

「おかえりなさい。夕飯、食べる?」

稜がすぐに箸を置いて、立ち上がった。江菜の分の夕食を支度してやるつもりなのだろう。

それを江菜がやんわり仕種で止めている。

「稜は食べてていいのよ。あら、卵綴じにしたのね、美味しそう」

てきぱきと自分の分の食事を支度する江菜を見て、稜が少し落胆した様子で椅子に座り直している。母親の役に立ちたかったのに、叶《かな》わず、しょんぼりしている風情だ。

(こいつ、江菜さんのこと、ほんと好きなんだなあ)

遣り取りを見ていた伊沙は、不満げな稜の様子を、少し可愛いと思ってしまった。

(こないだマザコンとか言っちゃったけど、この年で自分の母親に優しくできる息子って、貴重だよな)

伊沙のクラスメイトの中には、自分の母親をババァなどと平気で呼んだりする者もいる。反抗期なのか、照れ臭いのか、その両方なのか。

そういう友達には打ち明けたことがないが、母親がいなかった伊沙にしてみれば、自分の親を邪険にする彼らの態度を見るのは多少複雑だった。贅沢《ぜいたく》な、とつい思ってしまう。

だから稜が江菜に素直な愛情を示しているのは、伊沙にとって何となく心地いい。

「伊沙君、足りる？　冷蔵庫に他のおかずも作り置きしてあるから、稜も、食べたかったら、言ってね」

江菜はいつもどおり、自分の息子にも、義理の息子にも、優しく接してくれている。

「俺は足りてるよ」

先に応える稜の声を聞きながら、伊沙はすでに湧き出てくる気恥ずかしさをどうにか抑えて、江菜の方を見遣った。

「俺も大丈夫。あと、えっと……俺のこと、伊沙でいいよ。息子なんだしさ。……あー、お母さん」

かすかに驚いたような江菜の目と、それに稜の目が、同時に自分の方を向いたのがわかって、伊沙は無性に照れ臭い気分になる。

(たしかにいつまでも『江菜さん』じゃ変だし、稜も自分の母親名前で呼ばれんの、嫌なんだろうし)

江菜はあまり気にしていないようだったから、どちらかと言えば、稜の方への気遣いだ。

母親思いの稜に敬意を表して、というか。

「そう……ありがとうね、伊沙」

江菜の嬉しそうな声を聞いて、伊沙がそっと彼女を見遣ると、声音どおりの表情で笑っている。

照れつつ、伊沙は江菜の隣の稜のこともちらりと見た。

「――」

そして、稜もどことなく嬉しげな表情で笑っていることに気づいて、驚く。

（何だ、こいつ、普通に笑うんじゃん）

いつもの両親の前でのみ取り繕った優等生然とした笑顔ではなく、自然と零れたような稜の笑顔が、なぜか伊沙にはやけに嬉しかった。

（そういや、今日は俺、随分稜とたくさん話したよな。しかも、いつもと比べれば、割と和やかに）

稜と兄弟になってから、喧嘩《けんか》腰ではなく相手と何度も言葉を交わすことなんて、初めてだ。それに思い至ると、伊沙は今までの稜と兄弟になったことに対する面倒臭さや、浮かない気分が、簡単に払拭《ふっしょく》されていくのを感じた。

（結構、うまくやってけるもんなのかね？）

再婚一ヵ月目にして、伊沙はやっと稜と兄弟になったことを、素直に受け入れられそうな気分になれた。

「伊沙、おまえ、俺の体操着持ってってただろ」

「あれ、マジで？　ちょっと待って」

休み時間、五組の教室、後方の出入口から顔を出した稜に声をかけられ、伊沙は慌てて机にかけておいた自分の鞄《かばん》を漁《あさ》った。

「ほんとだあった。悪い悪い」

伊沙の鞄の中には、『小谷《こたに》』と刺繍《ししゅう》された体操着のシャツが入っていた。昨日洗濯物を畳んでそれぞれの部屋に運んだのは伊沙だから、伊沙が間違ったのだろう。

「遅刻したら恨むからな」

伊沙が差し出したシャツを、稜が掴《つか》んで睨《にら》みつけてくる。

「ごめんて。つーか、体育あるなら、家から着てっちゃえば楽なのに。シャツの下に。着替えんのめんどくさいじゃん」

「……どこまで横着なんだ……」

呆れたような呟きを残して、稜が去っていく。

「え、そんくらい普通じゃねえ?」

呆れられたのが解せず、首を傾げる伊沙に、隣の席の高月《たかつき》が声をかけてきた。

「また小谷?　伊沙、最近結構話すなあと思ってたけど、いつの間にあいつと体操着貸し借りするほど仲よくなったん?」

高月は不思議そうだ。

「去年はあいつに滅茶苦茶怒られまくって、逃げまくってたじゃん。俺、てっきり伊沙って小谷のこと苦手なのかと思ってたわ。向こうも伊沙のこと苦手そうだったし」

高月は去年も伊沙と同じクラスだった。委員長の稜に日々注意され続け、そのたび面倒だと愚痴を零す伊沙の姿を間近で見ていたのだから、高月の疑問は当然だろう。

「まあ、たしかに、苦手だったんだけど」

高月の言うとおり、傍目にもわかるくらい、伊沙は稜が苦手だった。

だがそれも、先週までの話だ。

「でもちょっとだけ、仲よくなったんだよ」

伊沙が江菜の呼び方を変えた翌日から、稜は学校で伊沙を見かければ、無視せず視線で合図してくるようになった。

伊沙も、稜を見れば、適当に頷いて見せたり、軽く笑いかけたり、普通の友達にするみたいに反応している。

そして、昨日、一昨日と、稜は伊沙の忘れ物を届けに教室まで来てくれた。昨日は財布、一昨日は江菜手作りの弁当だ。そのたび稜は「だらしない」と叱責《しっせき》するが、その忘れ物を稜自身が持ってきてくれるのだから、伊沙に対する態度は驚くほど軟化している。

伊沙を呼び出した稜は、他の生徒たちの目につかないよう、その都度こっそり財布や弁当箱を手渡してきた。

何を渡しているのかは周りに見えなくても、二人で物の遣り取りをしている姿は、勿論他の生徒たちにも見られているだろう。

（そうやってまだコソコソしてるし、行き帰りもバラバラだし、完璧《かんぺき》に『仲よくなった』ってまではいかないかもしれないけどさ）

伊沙と稜は、未《いま》だに電車をずらして登下校している。

親しくなっただけならばどうとでも言い訳が利くが、やはり親同士が再婚……というのは、周りに知られれば色々面倒だろうから、伊沙も友人たちに明かす気はない。少なくとも今はまだ。

「ふーん、何か、よかったな」

高月が、伊沙を見ながらそう言った。伊沙は首を捻《ひね》る。

「よかったって、何が？」

「いや、伊沙、楽しそうだし」

言われて初めて、伊沙は自分が結構な上機嫌であることに気づく。

（まあ、普通に話せるようになったのは、嬉しい……のかな？）

人を嫌ったり、いがみ合ったりするのは面倒だ。

避けられないのに苦手な相手が、苦手でもなく避ける必要もなくなったのだから、たしかにこれは喜ばしい、いいことなのだろう。

「どうせならもっと仲よくなってさ、テスト前に小谷のノート見せてもらったりしろよ。そんで俺にも貸して」

「うーん、それはまだちょっと、ハードル高ぇなあ」

高月とそんな遣り取りをしつつ、伊沙はそういう時が本当に来りゃいいのになと、おぼろげに考えていた。

◇◇◇

「小谷、まだ着替えてないのか」

五組から一組の教室に戻る途中、すでに体操着に着替えをすませたクラスメイトに声をかけられた。

「ああ、ちょっと用事」

「また五組か?」

五組、と言う時のニュアンスに、何となく含みを感じる。

それは稜の気のせいではなく、『特進組』の生徒の態度に潜んでいる、『就職組』へのかすかな蔑《さげす》みの気配だ。

「あいつらにつき合ってると、バカが伝染《うつ》るぞ」

非科学的なことを言うクラスメイトに、稜は内心呆れた。

（ウィルスでもあるまいし）

声をかけてきた西城《さいじょう》は、稜のことをやけに買っている。入学以来試験で常に総合首位の座に収まっている稜を、大体二位から五位辺りをウロウロしている自分のライバルとして、高く評価しているらしい。

「伝染るほどつまらない頭だと思うか、俺が？」

稜が冷ややかな口調で言うと、「ま、小谷はそうだよな」と、西城がおかしそうに笑う。

その笑いが少しだけ癇《かん》に障っている自分を不思議に思いながら、稜は体育に備えて着替えるため、西城と別れて教室に戻った。

不思議というより、調子がいいなと思う。

少し前までは、稜だって「五組の奴らは努力もせず、勉強をサボって遊び呆《ほう》けているんだから、できる奴に悪く言われても無理はない」と内心で思っていた。

――でも今は、伊沙をよく知りもしない人から伊沙を馬鹿にされると、どういうわけか少しムッとする。

特に倉敷伊沙個人を指して言われた言葉ではないにしろ、何となく不愉快な心地になってしまうのだ。

（あいつの料理は美味いし、掃除だって要領がいいんだ）

さすがに、口に出して言い返したりはしなかったが。

どうしてそんなことを知っているんだ、と訊かれても答えられない。それに、料理がうまかろうが、器用だろうが、勉強をサボっていたり、生活態度がいい加減なことには変わりないのだ。

もし伊沙と義兄弟になったなどと教えれば、西城は「家にまで就職組の奴なんかがいて大丈夫なのか」と、きっとさっきみたいに伊沙を貶《おとし》めるような口調で言うだけだ。

それが嫌で、稜は周りの生徒たちに真実を教える気が、さらに失せていた。

（……伊沙も一組だったらよかったのに）

それが稜には恨めしい。伊沙が自分くらい品行方正で勉強熱心な生徒だったら、堂々と兄弟になったのだと周りに教えられて、誰の目を憚《はばか》ることもなく一緒にいられるのにと。

そんなことを考えながら、着替えをすませ、グラウンドに出て体育の授業を受ける。

恙《つつが》なくサッカーの紅白試合を終えて、グラウンドから教室に戻る途中、稜は廊下で見覚えのある生徒と行き合った。

五組の生徒だ。伊沙の隣の席で、去年は稜とも同じクラスだった高月。

「あ、小谷」

顔見知りではあるが、友達というわけでもないので、特に挨拶《あいさつ》もなく通りすぎようとした稜のことを、なぜか高月が呼び止めた。

「何？」

近くを何となく集団で歩いていた一組の生徒、西城たちの視線を少し気にしつつ、稜は怪訝な気分で高月の前で足を止める。

「いや、何ってわけでもないけど。今、保健室行って来たんだよ、伊沙運びに」

「え？」

高月の言葉に驚いて、稜は少し、うろたえる。

「どうして」

「いやだから、どうしてってわけじゃないけど、伊沙が最近小谷と仲よくなったって言うから、たまたま会ったし教えとこうかなと思っただけで」

取り乱すのがみっともないという躾《しつけ》のおかげで、稜が平然としているように見えたのか、高月は『なぜ伊沙が保健室に行ったのか』ではなく、『なぜ自分にそんなことを教えるのだ』と訊ねられたと勘違いしたようだ。

もう一度問い直そうとした稜は、高月の制服の袖口に血がついていることに気づくと、さらにぎょっとした。

「その血……」

高月は、稜に指摘されて初めて気づいたように、自分の袖口を見下ろしている。

「あれっ、あ、伊沙のか。マジかよ、落ちるかなあ」

高月のぼやきを最後まで聞かず、稜はその場から小走りに駆け出した。

体育の終了が遅れたから、早めに教室に戻って、着替えをすませなければならない。

だがそんなことお構いなしに、稜はジャージ姿のまま校舎一階の保健室に向かい、そのドアを開けた。

「伊沙!?」

「わっ、びっくりした」

声を上げたのは、白衣姿の養護教諭だった。

「入室の時はノックして、クラスと名前を言いなさい」

中年の女性教諭に窘《たしな》められ、稜は慌てて、頭を下げた。

「失礼します、二年一組の小谷です。先生、二年の倉敷は——」

教諭がベッドの方を手で示した。

稜は急いでそちらへ近づき、閉じられていた白いカーテンを、そっと開ける。

「……伊沙？」

「ん……はれ、りょう」

いささか間抜けな声がした。

伊沙はベッドの端に腰掛け、大量のティッシュペーパーで、鼻の辺りを押さえている。

ティッシュには、鮮血が滲《にじ》んでいて、稜はぞっとした。

「クラスのヤツがさあ、さっき自習で、ふざけて暴れて、思いっ切り人の顔に、肘入れてさ……」

きつく眉を顰《しか》めて、稜は伊沙のそばに近づくと、その顔を覗き込んだ。

伊沙の右目の辺りが、少し腫《は》れて赤くなっている。ここも、自習時間中に騒いだ馬鹿な生徒にやられたのだろう。

「血がとまんねーよ」

「喋《しゃべ》るなよ」

大怪我をしたわけではないとわかって安堵《あんど》したが、ティッシュどころか指まで血で濡れている伊沙の様子は、痛々しい。稜は一旦ベッドから離れ、養護教諭に声をかけた。

「すみません、氷嚢《ひょうのう》か何かありますか。目も腫れてるみたいで」

稜が言った時、次の授業が始まるチャイムが響いた。

（あ……）


何も考えずに保健室に来てしまったが、このままだと、授業をサボることになってしまう。

「倉敷――小谷――ああ、あなたたち」

養護教諭は、何か思い出したように、稜の顔を見て呟いた。

「担任の先生には、あとで言っておくから。付き添っててあげなさい」

「……はい」

どうやら養護教諭は、稜と伊沙の関係を把握しているらしい。保健室では生徒の緊急連絡先を含めた記録が保管されているから、当然かもしれない。

「ちょっと強く頭を打ったみたいなの。念のために親御さんに連絡して、病院に連れていってもらいましょう。お母さんはおうちにいらっしゃる？」

今日は江菜の仕事がない日だ。稜は頷いた。

「いると思います」

「じゃあ、先生の方で連絡するから――」

「待って待って、いいよ、病院とかそんな」

少し慌てた様子の伊沙が、鼻をティッシュで押さえたままカーテンの向こうから顔を覗かせた。

「鼻血もそのうち止まるし。別に眩暈《めまい》とかもしてないしさ。ぶつけたところは痛ぇけど。母さんに連絡するほどのことじゃないって」

伊沙は江莱に心配というか、迷惑をかけることを嫌がっているようだ。病院に行くのが面倒臭いというのも、例によってあるだろうが。

「でも伊沙、その目じゃ誤魔化しようなくて、逆に心配かけると思うぞ」

鼻血が止まっても、目許の腫れは隠せないだろう。

「どちらにしろ校内で起きた事故なら、保護者に伝える義務が学校にはあるのよ。あなたがとばっちりを受けただけで悪くないっていうのは、ちゃんと説明してあげるから」

「……へい……」

稜と養護教諭の双方から言われて、伊沙はしぶしぶ引き下がった。教諭が早速事務机の上の電話機に手を伸ばし、稜は再び伊沙のいるベッドへと戻る。

「頭、本当に大丈夫なのか。ここが腫れてるってことは、こめかみの辺りやられたってことだろ」

「大丈夫だって。むしろ、賢くなったりして」

自虐的な冗談を言う余裕はあるようだ。しかし次第に腫れが酷《ひど》くなっている気がして、稜は顔を曇らせた。

「教室で暴れるとか、サルか。おまえのクラスの奴は」

「サルってことはねえだろ」

伊沙がちょっと不満そうに唇を尖《とが》らせている。

「俺が五組のクラス委員だったら、水をぶっかけて止めてる」

「恐怖政治だ」

あくまでふざけている伊沙の態度に、稜はますます眉間《みけん》に皺《しわ》を寄せた。

「冗談言ってる場合じゃないだろ。せっかく綺麗な顔なのに、そんな痣《あざ》作って」

「え」

叱責した稜に、なぜか、伊沙が一瞬絶句した。

驚いた顔で見上げられ、稜はようやく、自分が何を言ったかに思い至る。

(そうだ、伊沙、綺麗な顔立ちしてるんだ)

間近で見て、稜は今さらそれに気づいた。

もともと容姿は見られる方だと思ってはいたが、よくよく眺めれば、驚くくらい綺麗な肌とか、整った眉とか、形のいい目とか——伊沙が校内で目立って見えるのは、別に髪の色やアクセサリーのせいではなかったのだと、やっと理解する。

「そうだよなあ、俺、顔しか取り得がないのにな」

面と向かって綺麗などと言われたせいか、伊沙は少し照れた様子で、そしてそれを誤魔化すように、またおどけた口調になっている。どうやら顔がいいという自覚はあるようだ。

「伯母さん、ほら、小学生の頃まで俺の面倒見てくれてた人にも、よく言われたんだ。伊沙はだらしないけど顔だけはいいから、将来的なことを考えて、大事にしなさいって」

「何言ってんだ、顔だけじゃなくて、おまえは器用だろ」

身内の気安い冗談なのだろうが、稜は会ったこともない伊沙の伯母の言い種《ぐさ》に、胸の辺りがもやもやして、言い返してしまう。

そんな稜を見て、伊沙が相変わらず鼻を押さえたまま、小さく肩を揺らしている。

「稜が俺のこと褒めるなんて、妙な感じだな」

何がおかしいのか、笑っている伊沙を見て、稜はまた胸に違和感を覚えた。

――今度は不快というよりも、心臓が一割くらい小さく縮んで痛むような、変な感じだった。

不可解な感覚に稜が首を捻っているうち、養護教諭がカーテンを開けて姿を見せた。

「お母さん、今から来るっておっしゃってるから。小谷君はそれまでそばにいてあげてね。あ、氷嚢を作るから、手伝って」

教諭に言われて、稜は頷くと彼女の方へ向かった。指示どおり、保健室備えつけの冷蔵庫から氷を取り出し、氷嚢の準備をする。

「――小谷君、生活はどう?」

事務机でノートに何か書き付けながら、教諭が稜に向けて小さな声で訊ねてきた。

(ああ、先生も、気に懸けてるのか。やっぱり)

伊沙に付き添うよう稜に言ったのは、再婚して兄弟になった生徒の様子をたしかめるつもりだったのだろう。

「最初は……戸惑いましたけど、今は何とかやっていけそうだと思ってます」

正直なところを、稜は教諭に答えた。

教諭が目を上げて、少し観察するように稜を見てから、にっこりと笑う。

「そう、ならよかった。倉敷君が心配でここに飛び込んで来るくらいだから、何も問題ないみたいね」

稜は実際保健室に飛び込んだ時の自分を思い返して、少し赤くなった。自分でも意外なくらい動揺していた気がする。

(あんなに苦手だったのに)

伊沙は相変わらずの格好だし、今朝もベッドでダラダラしてなかなか起きようとしないし、相手が何か変わったというわけでもない。

だが自分が不得手にしている料理を軽々こなし、そして江菜のことを照れながら「母さん」

と呼んだ姿を見た時以来、稜は相手に対する苛立《いらだ》ちが次第に薄れていくのを感じている。

（勉強はできないし、朝は弱いし、面倒臭がりで茶髪で校則違反でだらしないけど――悪い奴じゃないんだ、伊沙は）

江菜と余一の再婚がなければ、伊沙みたいなタイプとは絶対つき合わなかったし、関わり合いになる気すら起きなかっただろう。

でも冷たく当たっていたのは、あまりに一方的すぎたのかもしれない。

そんなことを考えながら、稜は氷嚢を持って再びカーテンの向こう、ベッドに座る伊沙のところに戻った。

「これ、目、冷やしておけ」

「おー、ありがとな……」

伊沙がへらっと笑って、鼻に押しつけていたティッシュを離した。

「やっと止まったかも」

「だったら母さんが来るまで、横になっておけ。あんまり頭を動かさない方がいいだろ」

「はーい……」

気の抜けるような声で、だが素直に応えて、伊沙がティッシュをごみ箱に落とすと、ベッドへ仰向《あおむ》けに横たわった。

稜が目許を冷やすために氷嚢を手渡したら、伊沙は何のつもりなのか、ニヤニヤと笑いを含んだ顔で稜のことを見上げてくる。

「……何?」

「俺も、今は、何とかやってけそうだと思ってる」

小声で話していたつもりだが、カーテンしか仕切りのない同じ部屋の中だ、先刻の養護教諭との遣り取りは伊沙にも聞こえていたらしい。

聞こえるのは承知していたつもりだったのに、わざわざ同じ言葉を伊沙から言われて、稜はわずかにカッとなる。

腹が立ったわけではなく、恥ずかしくて、頭に血が上ったのだ。

何か言い返してやりたかったのに、何も浮かばず、稜は照れ隠しのために伊沙の額を指で弾いた。

「痛てっ!　何だよ、大人しく寝ておけって言ったのに、頭攻撃するなよ」

伊沙は全然痛そうではない顔で、相変わらず笑っている。

「うるさい、寝てろ」

稜は壁に立てかけてあるパイプ椅子を開くと、どさっとそれに腰を下ろした。

笑っている伊沙をまともに見返すことができず、腕組みで、横を向く。

同い年の子供とはしゃぐような真似をしたことのない稜は、誰かにデコピンするのなんて初めての経験だ。

「乱暴なお兄ちゃんだなあ」

おかしげに言う伊沙にやはり言い返すことができず、稜はそっぽを向いたまま、江菜が学校にやってくるのを待った。


「あれ、小谷、今日学食？」

久しぶりに学食で食券を買い、カウンター前で並んでいたら、覚えのある生徒に声をかけられた。伊沙と同じクラスの高月だ。他にも二人ほど見たことのある顔があることをたしかめながら、稜は頷いて見せた。

「そう、弁当ないから」

ゆうべから、江菜が法事で家を空けている。高校入学以来、ほぼ毎日江菜が弁当を作ってくれていたおかげで、稜が学食を利用するのは珍しいことだ。

「あ、あっちの列空いてるから行こうぜ。向こうバスケ部の集団いるだろ、あいつら大盛りにしろとかおかず増やせとかうるさくて、遅いんだよ」

声を潜めて高月が言って、稜の腕を引っ張る。他の二人もついてきた。

「小谷は日替わりにしたのか、今日竜田揚げなんだよなー、俺もそっちにすりゃよかった」

「日替わりなら小鉢多目に入ってるの選んだ方がいいぜ、オバちゃん盛りが超適当だから、皿によってすげぇ少なかったり具が偏ってんだよなぁ」

高月だけではなく、他の二人も、気軽な調子で稜に話しかけてくる。

どうやら伊沙のクラスメイトたちは、稜を『伊沙とそれなりに親しい友人』と認識したらしく、友達の友達は自分も友達というノリで、休み時間に擦れ違う時なども、あたりまえのように挨拶してくるようになっていた。

先週、稜が鼻血を出して早退する伊沙の荷物を、五組の教室まで取りにいったことが決定打になったのだろう。

幸い江菜に連れられて病院に行った伊沙は、鼻の粘膜と目許の打撲以外に怪我をした箇所もなく、完璧な健康体のお墨付きを医者にもらって、翌日からも元気に登校している。

「——伊沙は？」

だが今、学食の中に伊沙の姿がない。伊沙も今日は弁当がないから、学食にすると朝言っていたのに。

気になって訊ねた稜に、高月が軽く肩を竦《すく》める。

「数学の課題忘れたペナルティで、ノート運びやらされてる。すぐ来ると思うけど」

「……」

あの馬鹿、という罵倒《ばとう》を、稜はどうにか口の中に呑み込んだ。

ゆうべも「課題があるなら寝る前にやっておけよ」と念押ししてやったのに、面倒臭くて放棄したのか、面倒臭くて課題を出されたこと自体を失念していたのか。

「ほんとあいつ、去年から変わんねーよなあ」

高月たちは、稜が呑み込んだ台詞《セリフ》が容易に想像できたのか、仕方なさそうな顔で大袈裟《おおげさ》に溜息をついている。

「小谷もあとでセッキョーしてやれよセッキョー、伊沙、俺らが言っても全然きかねーんだから。そろそろ担任の血管がキレるわ」

また気軽な調子で肩を叩かれ、稜は苦笑した。

高月たちだって、つい最近まで、稜のことは『真面目で口うるさい委員長』として敬遠していたはずだ。お互い様だが、目が合ってもすぐに逸らして無関心に通りすぎ、去年同じクラスだったことなど何の意味も持たないくらいの他人同士だったのに。

(伊沙と友達ってだけで、これか)

伊沙ほどではないが、高月たちも制服を着崩したり、髪を染めたりして、いかにも『就職組』という見てくれをしている。

そういう生徒のことを、だが稜はもう、その見た目だけで避ける気が起きなくなっている。伊沙の友達なら、別に悪い奴じゃないんだろうと思って。

「小谷、まだ席取ってないなら俺らんとこ来いよ。向こうで四人がけ押さえてっから、椅子だけ他から借りて」

高月は伊沙に頼まれたのか、二人分のうどんをトレイに取りながら、稜に言う。テーブル席の方を見遣れば、ほとんど埋まっているようだったので、稜はありがたく高月に頷いた。

稜たちがトレイに料理を載せて席に辿《たど》りついた頃、伊沙も遅れてやってきた。稜の姿を見て、笑いかけてくる。

「学食で稜見んの、初めてだなあ」

伊沙は江菜が家に来るまでは、学食とコンビニ弁当を気分で使い分けていたらしい。慣れた様子で薬味を手に取っている。

稜も五組の生徒四人の中に混じって、日替わり定食を食べ始めた。

「そういやテニス部来週から遠征って、高月学校休むの？」

「俺試合出ねーもん。松嶋《まつしま》先輩だけだよ、何でか付き添いが一年のヤツなんだよな、ズリー」

「テニスって言えば、こないだ持ってきた俺の愛蔵版の二巻、今持ってんの誰よ」

伊沙たちは、食事をしながら、他愛ない会話をやたら楽しそうに交わしている。部活の話をしているかと思えば漫画の話になり、かと思えばテレビの話になったり服屋の話になったり、次の瞬間にはゲームの話になったりと、とりとめがなくて目まぐるしい。

（一組じゃあんまりない会話のパターンだな……）

まったく脈絡がないのに普通に会話が続いていることに感心しつつ、稜は黙然と食事を続けた。入っていく隙《すき》がまったくない。

「小谷はゲームとかすんの？」

黙っている稜に気を遣ったのか、高月が訊ねてきた。

稜はゲーム機の類を一切持っていない。祖父が嫌っていたので、子供の頃からそういう遊びをしたためしがなかった。

「いや、俺は全然」

「まああんましなそうだよな、おまえ」

「伊沙も最近やってないんだろ、ゲームで徹夜で遅刻常習犯のおまえとしたことが」

なぜか嘆かわしげに言うクラスメイトに、伊沙は笑っている。

「最近面白そうなのないんだもん」

その台詞が本音ではないことに、稜はすぐ気づいた。

そもそも稜は、伊沙が家でゲームで遊んでいるところを見た覚えがない。据え置き型のハードは何種類か居間のテレビボードにあるし、周囲の口ぶりからしても、伊沙は相当ゲームが好きな方らしいのに、だ。

だとすれば、伊沙は『家族団欒《だんらん》』のために我慢しているに違いない。

携帯電話とか、携帯用ゲーム機を使っているところも、少なくとも家では見たことがない。

一年生の頃は、休み時間になればゲームを始める伊沙の手から、クラス委員の稜が携帯機を取り上げた覚えがあるが。

（……ちゃんと、気遣ってるんだ）

稜はまた、伊沙のことを少し見直した。

一度外で夕食をとってきた時以来、もう休みの日に友人の家に遊びにいって、遅くまで帰ってこないようなこともなくなっている。

伊沙は面倒臭がりだとはいえ、家族に対する配慮までサボっているわけではないらしい。

「こないだダウンロードで昔のやつ何個か買ったんだよ、すっごいつまんなかったから一緒にやろうぜ伊沙」

「何でいつも高月はつまんないゲームを俺にやらそうとすんの……」

「あ、小谷も来いよ。おまえ落ちゲーとか得意そう」

ついでのように、というかあたりまえのように自分も呼ばれて、稜は少し面喰らった。

「あー、絶対稜は得意だわ、パズル系。そんでキッツイ連鎖を容赦なく仕込んで対戦でドSぶりを発揮するわ」

ゲームをやらない稜にはさっぱり意味のわからないことを伊沙が言って、高月たちがうんうんと頷いている。

本当によくわからなかったが、伊沙たちと混じって遊ぶのは、何となく楽しそうだなと稜は思った。

思った自分に驚く。

(何だか伊沙に毒されてきてる)

ゲームなんて時間の無駄だし、視力も下がるし、いいことなんて何もない——というのが、稜の持論だったのに。

「な、今度うちでもやろうな」

こっそりと、伊沙に耳打ちされた。

稜が一緒にやるのなら、自分も堂々とゲームで遊べると期待しているのが、ありありとわかる態度だ。

「物凄《ものすご》く暇な時があったらな」

おかしくて笑いを堪《こら》えながら応えた稜に、伊沙が嬉しそうな顔になる。

その顔を見て、まあ本当に物凄く暇な時があれば相手をしてやってもいいかなと、稜は内心で考えた。


いつもなら文庫本か参考書を片手に、さっさと弁当を平らげて昼食をすませるのに、今日は伊沙たちと話しながら随分と長く学食に居座ってしまった。

そして伊沙たちと一緒に教室棟まで戻り、五組の前で別れて一組に戻った稜を、その扉の前で不機嫌な顔の西城が呼び止めた。

「おまえ、何五組の奴らとメシ喰ってんだよ」

西城も学食組だった気がする。伊沙たちとの会話に気を取られていて、学食に西城がいたかどうか、稜は覚えていないが。

「席が空いてるからって、呼んでくれただけだ」

楽しかった昼食の時間に水を差されたようで、稜はまた不愉快な気分になるが、顔には出さないよう気をつけた。

「おまえが就職組なんかとつき合ってんの、おかしいだろ」

西城は声を潜めて、さらに言い募ってくる。

「はっきり言って、浮いてたぞ、おまえ。あんな校則違反の集団と一緒にいて、内申に響いていいのかよ」

「……」

二年生の学年主任が、伊沙たち五組の生徒を快く思っていないことは、稜も知っている。稜は推薦狙《ねら》いだったから、その書類を作る学年主任に目をつけられるのは、都合のいいことではない。

それはわかっている。

「あんなチャラチャラ遊んでるのとつるんでるなんて思われたら、小谷の株が下がる。その辺、自覚しろよな」

西城は厳しい声で告げると、稜の返事を待たず、教室の中に入っていった。それだけ言いたくて稜を待ち構えていたらしい。

(何勝手なこと言ってるんだ、西城は……)

そう思うのに、稜は相手に何も言い返さなかった。

いや、言い返せなかったのだ。

そしてそのことに、かすかな罪悪感を抱いている。

わざわざ忠告してくれた西城に対するものではない。伊沙や、自分に話しかけてくれた高月たちに対してだ。

彼らと一緒に楽しい時間を過ごしておきながら、その彼らを『なんか』呼ばわりして貶めた西城の言うことにも、一理あるだなんて思ってしまった。

(でも――ちゃんとしてないことが悪い)

伊沙たちがきちんと校則を守る品行方正な生徒だったら、稜が彼らと一緒にいて、誰が咎《とが》めることもなかっただろう。

(正しいのはいいことなんだ。決まりに従う方が正しいのは絶対だ)

道理に外れた行動を取る人間のそばにいれば、自分まで同類だと思われてしまう。学食には大勢の生徒がいた。教師も混じっていた。その人たちに、自分まで校則を守らないいい加減な生徒だと思われるなんて、御免だ。

(……伊沙たちといるのは楽しかったのに?)

西城の忠告に同調する気持ちの中に、ふと、そんな自問が生まれる。

一緒にいた間、伊沙や高月たちは、稜が疎外感を味わわないようにと気遣って、あれこれ言葉をかけてくれた。

見た目はどうあれ、心根は誰かに責められるようなものではない。彼らと話した稜自身がそれを知っている。

（でも、道を踏み外すわけにはいかないんだ、俺が）

人から悪く思われることは、避けなくてはいけない。

稜は重たい気分で、そのことを確認した。

4

月に一度の朝礼の日、講堂に向かう途中の廊下で、稜の姿をみかけた。

稜の方も、高月たちと一緒にいる伊沙に気づいたようだった。

だが、その視線はごく自然に伊沙から逸らされた。隣に並んでいるクラスメイトらしき生徒と話しながら、伊沙や高月に声をかけるでもなく、ただ目顔で合図するでもなく、そのまま足早に去っていってしまう。

「おまえら、喧嘩でもしたのか?」

稜が伊沙を無視するのは初めてではない。

一度はそれなりに挨拶し合うようになったはずなのに、急に避けられるようになってから、三日ほどが経つ。

「知らね」

伊沙は素っ気なく答えた。別に高月のせいではないなんてわかっているのに、つい不機嫌な態度になってしまう。

「ふーん？」

高月は不思議そうにしていたが、触らぬ神に何とやらとでも思ったのか、それ以上は突っ込んで来ずに、別の友達と話し始めた。

稜が自分たちを無視し始めた理由を、伊沙は実のところ、知っている。

数日前、高月たちとも一緒に学食で昼食をとった日、稜と稜のクラスメイトとの遣り取りを目撃してしまったのだ。

その日の帰りに高月の家で早速ゲームをしないかという話になって、だったら稜にも声をかけようと、一旦別れたあとに一組の方へ向かった。

『あんなチャラチャラ遊んでるのとつるんでるなんて思われたら、小谷の株が下がる。その辺、自覚しろよな』

さっきも稜の隣にいた生徒が、その時も稜に詰め寄って、そんなことを言っていた。

あんなチャラチャラ遊んでるの——というのが自分を指していることは、伊沙にもすぐわかった。

稜に話しかけていた生徒、たしか西城とかいう男は、学食でも何でかちらちらと伊沙たちのいるテーブルを睨んでいたから、変なヤツだなと怪訝に思った覚えがある。

一組のヤツが五組の自分たちをどういう目で見ているのか知っていたものの、陰口を言われているところを目撃してしまえば、いい気分がしない。偶然のふりで、いや実際偶然なんだから、稜と西城の間に割って入ってやろうかと思ったが、伊沙は我慢した。別に稜とクラスメイトの間を気まずくしたいわけじゃない。

でもどこかで、期待していた。稜が、「伊沙たちはそんなに悪い奴じゃない」とか、「そんなのおまえに関係ない」とか、言い返してくれることを。

せめて、適当に受け流して、あしらってくれることを。

だが稜は、西城に何も言い返さなかった。

まるで痛いところを突かれたというような顔で、黙り込んで、先に教室に戻った西城のあとにつき、伊沙の目の前からいなくなってしまった。

そしてその時から、稜は学校で伊沙を不自然に避けるようになった。

だからそれが答えだ。

(最初から、俺と人前で話すの嫌だって言ってたしな)

久々の朝礼に向かいながら、伊沙はどうしても仏頂面になる。

いつもなら遅刻のせいで滅多に出られない朝礼に無事間に合いそうなのは、今朝も稜に叩き起こされたからだ。

稜は家の中でだけ——江莱と余一の前でだけは、相変わらず伊沙と仲のいい兄弟のふりをしている。学校で無視されることよりも、その方が、伊沙には気に喰わなかった。

(俺と馴れ合いたくないってなら、別に親父たちの前で演技することだってねぇじゃん)

再婚間もない頃は、演技をするのも、まあ仕方ないかなと思っていた。親たちに余計な心配をかける必要もない。不自然だとは思うが、両親のいるところでだけ気をつけておけばいいだろうと。

だが一度は学校でも普通に喋るようになったはずなのに、無視されるのは、とても気分が悪い。

腹立たしいというか、地味に傷つく。

そのせいで、伊沙は「江莱と余一の前でだけは仲よくする」と最初に稜と取り決めたことを、守る気が潰《つい》えてしまった。

「伊沙、醤油取って」

余一の帰宅を待って、遅い夕食を家族四人で囲みながら、向かいの稜に呼びかけられても、伊沙はテレビに気を取られているふりで、それを無視した。

「伊沙？」

怪訝そうな声になられても、応えてやらない。

稜の方に目もくれないでいたら、居間の方に置いてあるテレビの電源が、いきなり落とされた。

伊沙が驚いてテーブルに顔を戻すと、稜の手にテレビのリモコンが握られている。

「何すんだよ」

「食事の時までテレビに夢中になるの、行儀悪い」

叱《しか》りつけるというよりは、窘《たしな》められるように稜に言われて、伊沙はむかっ腹が立った。

「人が観てるのに勝手に消すのだって、感じ悪いだろ」

「食べてから観たらいいんだよ」

「うるせぇなあ、俺はテレビ観ながら食べる派なんだよ。気に入らないならおまえがさっさと食べ終わって自分の部屋行けばいいだろ」

「――伊沙」

自分でも柄にもないと思うほど突慳貪《つっけんどん》に言う伊沙を、見かねたのか、今度は余一が窘めてくる。

余一が伊沙を叱ることなんて滅多にない。静かな声で呼びかけられただけだったものの、伊沙はさすがに口を噤《つぐ》んだ。

不貞腐《ふてくさ》れた顔で食事を続ける自分のことを、江菜もハラハラした様子で見守っているのがわかる。

でもどうにも腹の虫が治まらず、伊沙は残りの料理を無理矢理掻《か》き込み、さっさと席を立った。

「ごちそうさま」

みんなが困惑しているのはわかっていたが、伊沙は取り繕わずに不機嫌なままテーブルから離れ、自室へ戻った。

少し待つと、案の定、部屋のドアが少し苛立たしげな調子でノックされる。

無視していたら、勝手にドアが開いた。

「どういうつもりだよ」

そして開口一番、稜が前置きもなく、ベッドに寝転ぶ伊沙に詰め寄って言った。

「それはこっちの台詞だよ」

伊沙はベッドから起き上がり、胡座《あぐら》をかいて、自分の前に仁王立ちになっている稜を睨む。

稜も怒った顔をしているが、伊沙だって充分怒っている。怯《ひる》む理由がなかった。

「父さんも、母さんも、困ってただろ。どうして二人の前で俺に突っかかるんだよ、伊沙」

「人のこと無視する稜に言われる筋合いない」

「俺がいつ……」

「学校で」

端的に応えると、稜は自覚があるのだろう、言葉に詰まった。

「無視してないとか言うなよ、廊下とかで会っても、わざとらしく目ェ逸らしてさ。高月たちだって変に思ってる。親父とか母さんに心配かけるのは駄目で、高月たちはいいわけ？　――五組のヤツにはどう思われようが関係ないってか」

「……」

伊沙がまたわざと挑発的に言ってやったのに、稜は黙り込んでしまった。

「……やっぱな。そりゃ、一組のヤツらがいつも俺らのこと馬鹿にしてんの、知ってるけどさ。だったらおまえ、最初から俺らと話したりしなけりゃよかったんじゃねえ？　別に合わない者同士が無理につき合う必要なんてないんだしさ」

高月たちが学食で稜に声をかけたのは、伊沙と稜が親しいと思ったからだ。気のいい高月たちは、『伊沙の友達ならイイヤツだろう』と信用して、そして稜はそれに応えたのだ。

なのにあとになってまた煙たがるようになるなんて、伊沙にしてみれば、自分や高月たちが裏切られたようにしか感じられない。

「俺だって、稜がちょっとはこっちと仲よくする気になったんだってさ。喜んで、バカみてーじゃん。まだ内心見下されてるのわかって、親の前だからってニコニコしてらんねえよ」

「俺は……前はともかく、伊沙のことも、高月たちのことも、見下したりしてないけど」

「……」

伊沙は探るように稜の表情を窺《うかが》った。

以前は見下していたと言外に言われたようなものだが、むしろそのせいで、『今は』見下していないという言葉に、信憑性《しんぴょうせい》を感じてしまう。

「……でも、俺らとつるむより、内申点のが大事なわけだろ、おまえ」

稜の顔に、『聞いていたのか』と書かれた気がする。居心地の悪そうな顔になって、伊沙から少し視線を逸らした。

「伊沙は俺にできないことができるし、高月たちもちょっと騒がしいけど話してると面白いし……嫌々話したりしてないのは、わかれよ」

わかってもらえないのが心外とでも言わんばかりの稜の口ぶりに、伊沙はきつく眉根を寄せる。

「だったら普通に声かけてくれりゃいいじゃんよ。何で無視すんだよ」

「じゃあ、俺も聞くけど、何で伊沙たちは校則を守らないんだ」

「は？　校則？」

「その髪とか、ピアスとか。ちゃんとネクタイ締めないのとか。わざわざやる意味がわからない」

「今関係ねえじゃん、その話」

「あるんだよ。おまえたちがそういう格好してるから、俺が近づくの躊躇《ちゅうちょ》するんだろ」

「つか逆に、何でそんなの気にすんだよ。俺の髪が茶色いからって、一組のヤツに迷惑かけたりは」

「遅刻は同じクラスの生徒には迷惑だ。実際去年、俺は迷惑した。授業始まってから伊沙が教室に来ると、先生が注意するせいで、その分時間が無駄になったし」

きっぱり言われると、伊沙はさすがにぐっと言葉に詰まる。

「……一限にまで間に合わなかったことは、それほどねえだろ……」

「それで評価が下がるのは、伊沙だけじゃない。父さんだって悪く言われるんだ」

ごにょごにょと言い訳する伊沙の言葉を聞かず、稜がそう断じる。

「子供の生活態度が悪かったり、成績が悪いのは、片親のせいだろうってな。周囲はそういう目で見る。何か問題を起こせば、それが家のことと関係あろうとなかろうと、絶対そう言うんだ。今は父さんだけじゃない、母さんのことも言われる。やっぱり多感な時期に再婚なんかして、知らない人が家にいるせいで、落ち着かないからだとか……」

稜の言葉に、伊沙はますます眉を顰《しか》めた。

「そういうこと言うのとは、つき合わなければいいだけだろ。仲いいヤツならともかく、他人が俺とか家のことどう言おうが、どうだっていいよ。わかってほしいとも思わないし」

「でもそこで敬遠されたら、伊沙が本当はどんな人間かなんてわからないまま、勝手な評価だけ一人歩きするんだぞ。……俺だって最初はそうだった。伊沙のこと苦手で、母さんの再婚がなければ、近づきたくなかった」

伊沙を見た目で敬遠してきたのは、誰より稜だろう。近づきたくなかったとはっきり言われて、相手の態度でわかっていたつもりでも、伊沙はやはりまた少し傷つく。腹が立つというより、何だか悲しかった。

（そりゃ、俺だってこいつのこと苦手で、近づきたくないって思ってたけど）

自分も同じだったのに言われて辛《つら》いと思うのは、今の伊沙が稜にそれなりの好意を持っているからだ。

稜の方だって、一緒に過ごすうちに、少しは自分に気を許すようになってくれたのだと思っていた。

なのに無視されて、急に切り捨てられた気がして、思いのほかそれがショックで、余一や江菜の前だというのに、つい隠しきれないくらい拗《す》ねてしまった。

「稜がやっぱ俺が駄目なヤツだからつき合うの無理、って思ってんのはわかったよ」

今も、不機嫌に稜から顔を背けてしまう。何だか子供みたいだと自分でも思うが、止められなかった。

(俺、そんなあからさまに人前で不貞腐れとか、しないのになあ。いつもは)

頭の片隅では割合冷静に考えているのに、どうしてか態度を改めることができずに、自分でも不審な心地になる。

「そんなこと言ってないだろ」

そして自分を上回って不機嫌な稜の声を聞いて、さらに不審になった。

「伊沙が本当はどういう奴なのか、全部じゃないだろうけど、大体わかってるよ。度を超して面倒臭がりだし寝穢《いぎたな》いし口も態度も雑だし全然勉強しないけど、本当は器用でマメで料理うまいとか、母さんのこと気遣ってくれたりとか、俺ともうまくやろうって考えてくれてることとか、そういうのがわかるから、俺は伊沙のこと好きだって思った」

好きだと、これもはっきり言われて、伊沙は少し面喰らった。

小さく目を見開いて相手のことを見遣ると、稜は怒った顔で伊沙のことを見下ろしている。

伊沙は褒められたことを喜んでいいのか、照れていいのか、怒られていることに怒り返せばいいのか、よくわからなくなってしまった。

「俺は……そういうの、稜がわかってくれりゃ、いいんだけど……。つか、わかってくれてんのに、何で周りの目なんか気にして、俺のことシカトするんだよ。稜は俺のこと好きだっていうのに、他のヤツの俺に対する評価気にして俺のこと避けるって、変じゃねえ?」

伊沙にはそれもわからない。訊ねると、稜は表情を曇らせて、黙り込んでしまった。

答えない稜に、伊沙は少し苛立つ。

「どうして稜がそこまで人目気にすんのか、俺にはわかんねーよ。そんなに他人から悪く見られんのが嫌なのか?」

「……嫌だよ」

責めるつもりで言った伊沙の言葉に、稜が絞り出すような声で言った。

伊沙はもう少し強い苛立ちを感じて、再び稜から顔を背ける。

「まあ、稜が俺より、俺のことゴチャゴチャ言う俺の知らねーヤツの方選ぶっていうなら、そうすりゃいいよ。突っかかって悪かったな」

思ったことを口に出してみたら、我ながらまた妙に子供っぽいというか、いかにも拗ねていますという台詞と声音に聞こえて、伊沙は急に恥ずかしくなってきた。

でも止まらない。

「俺も学校じゃ稜に話しかけないようにするし、高月たちにも、一組のヤツなんかに気安く話しかけないようちゃんと伝えておくから――」

「……嫌だ」

伊沙が言う途中で、ぽつりと、小さく稜の声が漏れた。さっきと同じような台詞だった。

「え？」

「伊沙と学校で話せないのは嫌だ。せっかく一緒に学食食べたり、仲いい友達みたいに話せるようになって、楽しかったのに」

ここでなぜ稜が不満そうな顔で自分を見ているのか、伊沙には腑に落ちない。

「おまえ、自分で無視しといてなあ」

「来月業者テストがあるだろ」

「は？」

急に話が飛んだ気がして、伊沙は混乱する。

「あったっけ？」

中間、期末考査ならともかく、学校外の業者が実施するテストなんて、伊沙はいちいち覚えていない。

稜が大きく頷いた。

「あるんだよ。伊沙、そこで、五教科のうちのどれか、四十八番以内に入れよ」

「無理！　えっ、っていうか、何で？」

「業者テストは選択コース関係なく、各教科と総合五十位まで廊下に貼り出されるだろ」

「そうなの？　知らねーけど……」

一学年二百五十人弱で、上位五十番以内なんて、就職組の伊沙とは何の関わりもない。定期テストではないから赤点追試も補講も留年もないし、業者テストなんて順位や点数すら気にしたためしがなかった。

一体何の話かと戸惑う伊沙とは対照的に、稜は妙に意気込んだ、『いいことを思いついた』と言わんばかりの態度で伊沙の方へ身を乗り出してくる。

「一組は四十八人、おまえがそれ以内に入れば、一組の誰かには勝ったってことだ。そうしたら、うちのクラスの奴に文句は言われずにすむ。っていうか言わせない」

「えー……」

勉強とか、テストと聞くだけでも、面倒臭さのあまり伊沙の心が萎れてくる。

「いいよそんなの。だから俺は、一組のヤツに何言われたって気になんねーし……」

「俺が嫌なんだ」

稜はまったく引き下がる気配を見せない。

「そうと決まったからには、今すぐ始めよう。来月って言っても正味二週間しかない」

「決まったからにはって、決めてないよ、勝手に決めるなよ」

伊沙は慌てた。

「自慢じゃないけど、俺、テスト勉強なんて高校受験前の三ヵ月以外やったことないんだぞ！」

「──え？」

稜が驚いたように伊沙を振り返ってから、目が合って、パッと嬉しそうな顔になった。

相手の笑顔に、伊沙も驚く。本当に嬉しげな表情だったのだ。

「それ、自慢になるぞ。やればできるってことじゃないか。とりあえず前回の業者テストの結果表出して。対策するから。ほらボケッとしてないで、立って」

「お、おまえ、何でそんな盛り上がってんの……」

さっきまで険悪に言い合いをしていたはずだったのに、稜はなぜかやたらやる気に満ちて、伊沙をベッドから追い立ててくる。

一体何が始まったのか呑み込めないうち、伊沙は稜の勢いに負けて、首を捻りながら机に向かった。

稜は本気で伊沙に勉強を教えることを決意したらしく、伊沙が受け取ったまま流し見すらしなかったテストの結果表を真剣な顔で眺めたあと、一旦伊沙の部屋を出ると、少ししてからノートやテキストを抱えて、また戻ってきた。

稜が部屋を出た隙に逃げ出してしまおうかと伊沙は真剣に悩んだが、結局その余裕もなく、無理矢理机の前に座らせられる。

「理数は壊滅的だし二週間でどうこうできそうもないから、中途半端な英語も棄てて、国社に絞ろう。出題範囲は出てるし、あの会社の設問の傾向を把握すれば、さらに的絞るのも簡単だし」

「すでにおまえが何言ってんだかわかんねーよ」

「伊沙と話してて思ってたんだけど、おまえ、勉強時間が足りないのと、そのせいで要領がわかってないだけで、絶対頭は悪くないんだよ。ほら、週刊誌の漫画の話、随分前のエピソードなのに台詞まで覚えてたり、架空の世界の勢力図とか年表とか系譜はちゃんと覚えてて、図解までして、説明してくれただろ」

そういえば、まったく漫画を読まないという稜に週刊漫画誌のお気に入り漫画を薦める時、その辺《あた》りをつい熱弁してしまった気がする。

「いや、漫画と学校の勉強って、違うじゃん？　単に好きだから何回も読み返して、覚えちゃっただけだし……」

「つまり、興味がある状態で、集中して反復学習をしながら、体系的にストーリーと設定を理解したっていうことだから。勉強でも同じことをすればいいんだよ」

「すればいいったって、えー、何で俺勉強しないといけないの……業者テストなんか、成績にも関係ねーじゃんか」

「出題範囲が業者テスト以上にはっきりしてる定期テストで、一組の生徒に敵うわけがないだろ。成績に関係ないから、うちのクラスの奴らも業者テストには焦点当ててないから、勝機があるんだよ」

「だから、何で俺がそこまで……」

「俺だって学校で伊沙と話せないの、嫌なんだ」

とにかく勉強なんてしたくなくて抵抗する伊沙に、稜が真面目な顔で、そう告げた。

稜はさっきも同じことを言っていたが、ストレートな訴えに、伊沙は何だか面喰らってしまう。

伊沙が瞬いていると、稜が少しだけ困ったような顔になって、首を傾げた。

「……多分、伊沙の言うとおり、俺は周りの言うこと気にしすぎなんだと思う。自分一人のことだったら、たしかに、理解しようとしない人のことまで考えるのなんて、馬鹿馬鹿しいって思うけど」

まったくそのとおりだと思うので、伊沙は大きく頷いた。

稜が続ける。

「でも俺がおまえと一緒にいれば、俺が当て擦られるだけじゃなくて、相対的に伊沙の評価まで下がっちゃうんだよ。『小谷と一緒にいるにしては、レベルが低い』って。伊沙がそんなふうに言われるの、俺だって腹立つんだよ」

自分のことで、稜が周りに腹を立てているのだと聞いて、伊沙はまた意外な心地になった。

(稜こそ、俺のせいでクラスのレベルが下がるとか、去年は言ってたのになあ)

随分な変わりようだ。

複雑な気分だが、概《おおむ》ねは嬉しかったので、伊沙はつい茶化しそうになってぎりぎり踏み留まった。稜はとても真剣な顔で伊沙に話している。

「だから、一回でいいし、ひとつだけでいいから、あいつらが納得する形であいつらに勝ってくれ。そうしたら成績のことで五組を見下してる一組の奴らは、俺が黙らせるから。……頼むから」

「……」

これで稜がまた高圧的な態度で自分の怠惰を責めるだけだったら、『どうして俺がおまえのためにやりたくもない勉強なんかを』と学生の身分を棚に上げて突っぱねることはできただろう。

けれど稜はあくまで真剣で、どことなく必死というか、一生懸命で、どうしても伊沙に勉強してほしいという気持ちが伝わってくる。

どうしてそこまで、とやはり思いはするものの、稜の態度に絆《ほだ》されて、伊沙はしぶしぶながらペンを握った。

「まあ、やるだけやってみるけど……でも絶対無理だと思うぞ。先に言っておくけど、期待するだけ無駄だからな？」

「さっきも言っただろ、伊沙は興味のあるものに関しては、集中力も理解力も発揮されるんだ」

稜が目の前に広げてくる社会科近代史のテキストを見て、伊沙は少し途方に暮れる気分になった。

「興味持てるかなあ」

「俺が持たせる」

稜がきっぱりと断言して、伊沙に止める術《すべ》もなく、勉強の時間が始まってしまった。

帰宅後だけでは間に合わないからと、伊沙は学校の昼休みまで稜に呼び出され、図書室でテキストを開く羽目になった。

「――そう、大体比喩《ひゆ》的表現が出てくる時は、それに呼応する形で現象か感情が前後のセンテンスに書かれてるから、読みながらそこをチェックしてくといい」

自習用のテーブルに並んで腰掛け、顔を寄せ合いながら、二人してテキストを覗き込む。

稜は自信に満ちた態度が納得できるくらい、実際教え方がうまかった。

しかも根気強いし、もっとスパルタだと覚悟していたのに、丁寧だ。おかげで伊沙は、『思ったより』の範囲ではあるが、一週間ほど経って、勉強をそこそこ面白いと感じるようになっていた。

（じゃなくて、稜と何かやってる感じなのが、楽しいのかもなあ）

出された問題に正解して、褒められると、妙に嬉しい。

「おまえ、学校の先生とか向いてそう」

問題を解く合間、伊沙が思いついて言ってみると、稜に苦笑されてしまった。

「向いてない。クラス四、五十人全員にここまでつきっきりは無理だ」

稜は伊沙のために、市販のテキストだけではなく、手製のプリントまで作ってくれる念の入れようだった。

（ここまでやられたら、サボるわけにもいかないよなあ）

図書室なんて利用するのが初めての伊沙は知らなかったが、せっかくの昼休みだというのに、テーブルには他にも自主学習をする生徒が多くいた。

（しかし、ウチのクラスのヤツらは見事に誰一人姿見せねえな）

伊沙のクラスメイトや、クラスが違っても親しい生徒は、図書室にまったくと言っていいほど足を運んでいない。

勉強しているところを見られれば、驚かれるかからかわれるか心配されるかのどれかなのは目に見えているので、見られたくないし、邪魔をされたくもないので、それはいいのだが。

伊沙が気になるのは、自分と稜の姿を見て、たまにヒソヒソと耳打ちし合っている、一組の生徒の存在だ。

「伊沙、余所見《よそみ》してないで、次のページ」

「——おまえさ、学校でまで俺に勉強なんか教えてて、平気なのか？」

斜め向こうのテーブルには、西城がこちらに背を向けて座っている。西城は小声で稜が伊沙の正解を褒めたり、伊沙が些細《ささい》な質問を稜にするたび、その小声を聞き止め、まるで伊沙たちが大声で喚いているかのように、眉間に皺を寄せて振り返っていた。

あんな反応を教室でみんなからされているんじゃ、たしかに稜も居心地が悪いだろうな——と思って訊ねた伊沙に、稜が一瞬、顔を強張《こわば》らせた。

それがほんの少し傷ついた表情のように見えて、伊沙は驚き、慌てた。

「あ、嫌味とかじゃなくてさ。……ほら、おまえの友達、さっきからこっちのこと、ちろちろ見てるから、大丈夫なのかって」

西城の視線には稜も当然気づいていただろうが、稜はそちらを見ることはせず、伊沙のテキストばかりを見ている。

「ああ。別に、友達じゃない。クラスメイトではあるけど」

「そうなのか？」

答えた稜の声音の冷たさに、伊沙はまたびっくりする。

稜が頷いた。

「たまたま同じクラスに割り当てられただけだ。話すことは勉強についてばっかりだし、雑談する暇があれば勉強する方が正しいって思ってて……俺もずっとそう考えてたけど」

稜の台詞は過去形だ。伊沙はその横顔を、ちらりと見遣った。

「けど、変わった？」

「……友達って、伊沙と高月たちみたいなのを言うんだと思う」

稜と西城と、自分と高月たちと、つき合い方がどう違うのか、伊沙にはよくわからなかった。

稜が普段クラスの生徒とどういうふうに接しているのかを知らないからだ。

「外から見てた時は、くだらないし馬鹿馬鹿しいって思ってたけど。伊沙たちと一緒に話してたら、何だか楽しかった」

「……」

わかるのは、西城に向けて『友達じゃない』と言った声と、『何だか楽しかった』と言った時の声に、相当温度差があるということだけ。

「西城とか、他のクラスの奴は、そういうのとは違うから」

そう呟く稜の声が、妙に寂しそうに聞こえた気がして、伊沙はなぜか焦燥した。

気づけば、稜の台詞を遮るように、自分も口を開いていた。

「じゃあおまえも高月とかとは友達ってことじゃん」

稜が驚いたように目を見開くのが、視界の隅に入る。伊沙は自分がやたら恥ずかしいことを言っている気がして、稜をまともにみられず、勉強に励むふりでテキストに視線を落とした。

練習問題の解答欄に、これと思った答えを書き込むと、赤ペンを持った手が伸びてきて、その答えに大きくバツをつけられた。

ムッとして稜を見遣った伊沙は、文句を呑み込む羽目になった。

稜は優しい顔で伊沙のことを見ている。

こんなふうに穏やかな、嬉しそうな稜の顔を見るのは初めてだ。

「別に、教室で居心地が悪くなるようなことはないから、変な心配するなよ。最初から関わってないし、気に入らないからっていじめに走るほど、みんなあさはかでも暇でもないから」

「でも……俺のこと忠告するくらいなんだから、西城は、稜のことそれなりに好きなんじゃないのか？」

嫌いな相手に対して、『おまえの株が下がる』なんて警告を与えたりしない気はする。少なくとも西城の方は、稜を多少なりとも心配したのではないだろうかと伊沙は思ったのだが、稜は曖昧《あいまい》に首を傾げただけだった。

「どうかな。『理想の小谷稜』みたいなものを求められている気はする。それから外れるのが嫌なんじゃないか、俺が」

「理想の、ねえ……」

「変に夢見られてるんだよ」

だったらそれは憧《あこが》れの的になっているということなのではと伊沙は思うが、稜は大して嬉しそうではないというか、むしろ迷惑そうな雰囲気を滲ませている。

（変につーか、それって、稜が作ろうとして作ってた小谷稜像を、西城たちも求めてるってことじゃねえ？）

そう気づいたが、伊沙は口には出さずにおいた。

今の稜は、そこから少しだけはみ出ようとしている。

そのおかげで、稜は伊沙と一緒にいたいと思って、そのためにこうして勉強まで叩き込んでくれているのだ。

(俺だって優等生の稜に無視されるより、普通に一緒にいられた方がいいし)

「でもまあ、おまえもう、『小谷稜』じゃなくて『倉敷稜』だしな」

あれこれ考えた挙句、伊沙はただそれだけ稜に向けて言った。

「そうだな」

稜がまた嬉しそうな顔で頷いたので、伊沙はとりあえず稜が望むとおりの状況を作るべきだなと、真面目にテキストと向き合う決心をした。


稜の立てた学習計画に添って、伊沙は試験開始ギリギリの時間までを有効に使い、業者テストに臨んだ。

結果が出たのは、一週間後。

「稜」

担任教師から手渡された結果表を握り締めて、伊沙は堂々と、二年一組の教室に乗り込んだ。

ドアから、大きな声で稜を呼ぶ。すぐに稜が気づいて、急ぎ足で伊沙の方へ近づいてきた。

じろじろと自分を見ている西城や、外の生徒たちの視線を感じながら、伊沙は結果表を稜に見せつけてやる。

「社会は、学年三十二位」

ということは教室の中で伊沙より下のヤツが、四十八人中十七人はいるということだ。

――最初から捨てていた理科は学年全体の下から十二番目、数学は同じく下から五十四番目、ヤマが外れた英語も百番台後半と、惨憺《さんたん》たる有様だったことは、勿論言わない。

「国語は四十五番で、イマイチだったけど」

それでも今自分を見ている一組の生徒のうち、四人は抜いたということになる。

五教科総合で見れば、彼らの足許になどちっとも及ばないはずだが、勿論それも秘密だ。

結果表を手に取った稜が、満足気に頷いてから、伊沙のことを見遣った。

「よかったな、伊沙」

「おう」

伊沙は得意な気分だった。

5

Ａ４サイズの小さな紙だったが、廊下に貼り出された業者テストの結果を見て、稜《りょう》は口許が弛むのを止められなかった。

小谷《こたに》稜の名は、五教科すべて一位のところにある。全国総合でも、百位以内に入っていた。

が、稜が見ているのはそこではなかった。

国語と社会のところにある、倉敷伊沙《くらしきいさ》の名前。

「まあ、たまたまじゃねえ？」

稜から少し離れたところで、同じクラスの、稜とはほとんど話したことのない生徒たちが囁《ささや》き合っている。テストの結果に特進一組と、その次の成績上位者が集まる二組以外の生徒の名が載るのは極めて稀《まれ》だ。

「このテストの出題、特に文系科目はクセあるだろ。この倉敷っての、たまたまそれにうまく引っかかっただけだと思うぞ」

本人たちは冷静に分析しているつもりだろうから、負け惜しみだと指摘すれば、気を悪くするだろう。

(でも、ああいう価値観が悪いわけじゃない)

学力があるか、それを向上させるための分析力と計画性と継続力があるか。他の遊びに惑わされない集中力はあるか。試験の結果だけではなく生活態度も内申点に響く。推薦枠を狙《ねら》いたいなら校則違反なんて以《もっ》ての外《ほか》だ。

(俺だって結局は同じだ)

だから稜は伊沙を自分側の土俵に無理矢理引っ張り上げるような真似をしてしまった。

伊沙が試験の結果を教えてくれた時、「よかったな」なんて言ってしまったけれど、よかったと思うのは伊沙ではなく稜の方だろう。本当は「頑張ったな」と言いたかったものの、それは何だか偉そうだなと思って呑み込んだ。

(『頑張ってくれてありがとう』って言えばよかったのか?)

伊沙に試験勉強を強いたのは稜の都合だ。

そして伊沙がそれに応えてくれたことが、稜には嬉しい。

伊沙は最初まったく乗り気ではなかったし、例によって例の如く『面倒臭い』と顔中に書いた態度で嫌々テキストを開いていたが、テスト直前になる頃までには、自分から稜の部屋に質問をしにくるくらい、やる気になっていた。

伊沙だけではなく、稜も根気を試される二週間ではあった。伊沙はほとんどテスト勉強をしたことがないと豪語するだけあって、基本的な受験の技術すら持っておらず、一時間で百回くらいは『おまえはそんなこともわからないのか』と叱《しか》りつけたくなる衝動と、必死に闘う羽目になった。

我慢できたのは、「これを乗り越えれば、周りの目を気にせず伊沙と一緒にいられる」という、ただその一点について考えていたからだ。

（学業成績がよければ、先生方も伊沙の素行については目を瞑《つむ》ってくれるだろうし）

素行は悪いが成績のいい生徒、素行も成績も悪い生徒、二人並べた時に、大人がどちらを信用するかは明白だ。素行も成績もよければ言うことないが、そこまでを伊沙に求める気は稜にもない。今のところは。

とにかくこれで、すっきりとした気分で伊沙といられる。

昼休みになり、稜は弁当箱を持って五組に向かった。結果が出た今は、誰の目を気にすることもなく、稜は伊沙と一緒に弁当を食べることができる。

五組に辿《たど》り着く前、廊下の途中で伊沙の姿をみかけ、稜は嬉しくなって声をかけようと思ったものの、伊沙が一人ではないことに気づいて躊躇《ちゅうちょ》した。

　相手が高月あたりだったら遠慮する必要もないだろうが、伊沙を呼び止めて、向かいで渋い顔を作っているのが生活指導の教師だったので、稜は自分も表情を曇らせる。

「――せっかくテストの結果がよかったのに、見た目がそれじゃ、台無しじゃないか」

　定年間際の気難しい教師は、一度摑《つか》まると延々説教が続くことで有名だ。昼休みだけでは足りずに、放課後呼び出しになるだろう。

　稜は助け船を出すか迷ったが、どう庇《かば》えばいいのか咄嗟《とっさ》に思いつかない。成績を盾にしようにも、教師は「せっかくいい成績を取ったのに」と先手を打っている。

　他人のふりで通りすぎることもできず立ち往生していると、伊沙が気づいたらしく、稜に向けて小さく肩を竦《すく》めて見せた。

　稜が落ち着かない気分のまま見守る先で、伊沙は殊勝な態度で視線を自分の足許に落とした。

「すみません……こんなことじゃいけないって、自分でもわかってるんですけど」

　てっきりいつもの調子でへらへらと逃げるだろうと予測していた稜は、伊沙のしおらしさに驚いた。

「でも、家で色々あって……」

　消え入りそうな声で言う伊沙の言葉は、少し離れたところにいる稜のところにまで辛うじて届いた。

「あ……ああ、そうか。そうだったな」、
強面《こわもて》の教師が、少し怯《ひる》んだ様子になって、何度も頷《うなず》いている。

「とにかく、次の朝礼までには、きちんとその髪を切ってきなさい。シャツとネクタイは今すぐ直すこと。背筋もピンと伸ばして。いいな」

「はぁい」

調子のいい返事をして、伊沙は立ち去っていく教師に向けて深々頭を下げている。

「……」

稜が近づくと、伊沙が頭を上げて、笑いかけてきた。

「まいったまいった、あのオッサンいつもしつこくて」

「どうしてあんなこと言ったんだ」

稜は強張った顔で伊沙を見た。

笑い返すことなどできなかった。

「え？」

「家の事情とか、他人に、よりによってあんな言い方で」

稜は怒りと悔しさで一杯になり、それを抑えることもできずに伊沙のことを睨《にら》みつけた。

そんな稜の様子に、伊沙が戸惑ったような顔になる。

「単なる方便だよ、おまえ、弁当喰いに来たんだろ。待たせたら悪いし」

「そんなのどうだっていいよ！」

それでも笑ってこの場を流そうとする伊沙に、稜は我慢できず声を荒らげた。伊沙が驚いて目を見開く様子にも、稜は怒りというより、悔しさを味わった。

「何で余所《よそ》の人間にうちの事情を勘ぐられるようなこと言うんだ。伊沙は家に不満があるのか？」

伊沙が教師に向けて言った言葉や態度がショックだった。

実際不満があるというのならまだマシだ。伊沙が教師のお説教から逃れるために、それを口実に使ったことがわかって、それに腹が立つ。

「い、いや、そういうんじゃ、ないけど……」

「だったら自分からわざわざ『家に問題がある』なんて吹聴して回るなよ、周りに何言われるかわからないだろ」

案の定否定する伊沙に稜がますますいきり立つと、伊沙の方も、少しムッとした顔になって稜を睨み返してくる。

「別に言わせたいヤツには言わせとけばいいだけだろ、実際は違うんだから人がどう思おうと関係ねえじゃん」

「簡単に言うなよ！　悪く思われるのはおまえだけじゃないんだぞ！」

悪怯《わるび》れない伊沙を、稜は許せなくなる。

廊下を通りすがる他の生徒たちの目を気にする余裕もなく声を荒らげる稜に、伊沙がきつく眉根を寄せた。

「おまえさ、だから、何でいつもそんな体面ばっか気にするわけ？」

いつもここが嚙《か》み合わない。伊沙は稜の言い分をまったく理解しようとはしなかった。

稜にだって、そんな伊沙の気持ちがわからない。

「俺にテストでいい点取らせたりとかさ、どうしてもって言うから、協力したけど。俺は全然乗り気じゃなかったし、大嫌いな勉強なんかさせられていい迷惑だって――」

「……」

自分が反論しようとして息を吸い込んだのか、ただ息を吞んだのか、稜には判別がつかなかった。

ただ、伊沙の台詞《セリフ》は稜の胸を酷《ひど》い強さで抉《えぐ》って、どちらにしろ続く言葉を失わせた。

（……迷惑だなんて、知ってたけど）

それでも伊沙が自分の望みに添って一緒に勉強してくれたのが、嬉しかった。

狙ったとおりの結果が出て、それを伊沙自身も喜んで自分に伝えてくれたのが、嬉しかった。

（でも、何だ、全部俺だけが勝手に思ってたことか）

伊沙の面倒臭がりの性格を、甘く見すぎていたのかもしれない。

きっと自分にうるさく詰め寄られるのが億劫《おっくう》で、それを回避するために、二週間だけだからと我慢していただけだったのだ。

そう思い至ったら、稜は浮かれていた自分が、心底バカみたいだと思えてきた。

「……わかった。悪かった。もう二度とそんなこと強要しない」

一人で怒っているのも気まずくて、かといって取り繕って笑えるような性格でもなく、稜はスッと表情を消して、それだけ伊沙に伝えた。

これ以上伊沙を見ているのが辛くなって、急いで踵《きびす》を返す。

「お、おい。一緒に弁当喰うんじゃなかったのかよ」

少しうろたえたような伊沙の声が後ろから聞こえた。

稜は振り返らず、一組の教室に戻った。

自分の席に座って、机の上にそっと弁当箱を置く。

何だか一気に食欲が失せた感じだったが、でも江菜《えな》がせっかく作ってくれた弁当を残すわけにはいかない。機械的に弁当の包みを開け、箸《はし》を手に取った。

こんなに悲愴《ひそう》な気分で江菜の料理を食べるのは、随分と久々のことだった。

◇◇◇

——稜があんなに怒るなんて思わなかった。

五組の教室の中、今日ばかりは高月《たかつき》たちと馬鹿話をしながら弁当を食べる気もせず、伊沙は自分の座席で膝を抱えて一人で座っていた。

高月たちからは最初怪訝《けげん》がられたが、伊沙が落ち込んでいることと、とりあえず放っておいてほしいと思っていることを察して、そっとしておいてくれている。

思い返してみれば、どうやったって、完全に悪いのは自分だ。

(そりゃ、怒るよな。稜は)

伊沙にしてみれば、真実ではないことだから、平然と嘘《うそ》をつけた。誰も傷つけない嘘のつもりだった。

稜が周りの反応を極端に気にする性格だとわかっていたのに、よりによって家庭の事情を口実に使ったのは、いけなかった。

別に稜や江菜や自分の家を貶《おとし》めたつもりなんてない。

でも稜にしてみればそう受け取って当然だろうし——よくよく考えれば、そもそも教師の同情をひくような言動をした時点で、実際貶める結果になっているのかもしれない。

本当は、最初から、稜の言いたいことがわからないわけではなかった。母親がいないことで、されたくもない同情をされたり、それこそ「やっぱりお母さんがいないとねえ……」と嫌味を言われるのは、一度や二度のことではなかったのだから。

それを小さい頃は理不尽に感じて、悲しかったり腹が立ったりもしたが、そういうふうに気持ちが揺れるのが面倒で、気にしないようになった。

そのせいで、鈍感になりすぎていたのかもしれない。

（……勉強できるできない以前に、バカだなあ、俺……）

自己嫌悪で、死にたくなってくる。平気じゃないから気にしないようにしたのに、気にしないから平気だと、思い違いをしていた。自分だけならともかく、稜の方にまで、そんな鈍さを押しつけようとしていた。

（とにかく、謝ろう）

伊沙は腹を括《くく》って、江菜のせっかくの手料理を残すまいと半ば無理矢理弁当を胃に詰め込み、放課後を待った。

落ち着かない気分で午後の授業を受け、放課のチャイムと共に教室を飛び出して、一組に向かう。

ちょうど、教室から出てくる稜を捕まえることができた。

「稜」

声をかけると、無視されるかと覚悟していたが、稜は伊沙を見て立ち止まってくれた。だが稜の顔には相変わらず表情がなくて、伊沙は無視されずにいたことに、安堵《あんど》なんてできなかった。

「一緒に帰ろうぜ」

「……」

伊沙の呼びかけに、稜は頷きはしなかったが、避けて逃げたりもせず、黙って歩き出した。伊沙は稜の隣に並んで、一緒に昇降口に向かう。

廊下を歩く間も、靴を履き替えて外に出て、最寄り駅に向かう間も、稜は黙り込んで何も喋《しゃべ》ってくれなかった。

伊沙も、謝るタイミングがうまく摑めず、話しかけあぐねてしまう。帰るついでに「さっきはゴメンな」とか、軽くすませていいものにも思えなかった。

気まずい沈黙が続く中、近隣の学校に通う生徒でごった返す駅前で、別の学校に通う友人に声をかけられた。

「お、倉敷、もう帰んの？　俺らこれからカラオケ行くけど、倉敷も来る？」

伊沙を誘ってから、友人は隣の稜の姿にも目を留めた。

「友達？　一緒にどう？」

他校の生徒だから、友達は伊沙と稜が並んで歩いていても何とも思わず、気軽に誘ってくる。

稜は黙ったまま、伊沙からも友人からも目を逸《そ》らしていた。

「あー、いや、今日はやめとくわ。ごめん、また誘って」

「何だそっか。じゃあメールするわ、そっちも暇あったら声かけろよ」

「おー、またなー」

駅前の繁華街に向かう友人と別れ、伊沙は改札口に向かった。ちらりと振り返ると、稜は能面みたいな顔でついてきている。もともと整った造作だから、表情がないと、何というか怖い。近寄りがたい雰囲気だ。

（あいつ、さっきよく稜にも声かけたなあ）

先刻の他校生は、どちらかというと伊沙寄りだ。茶髪にピアスに着崩した制服。向こうの方が学校が荒れ気味だから、もうちょっと崩れ方が酷い。

正直なところ、万が一稜が相手の格好に苦言を呈し始め、相手がそれに反撥《はんぱつ》したら、自分がどっちの味方につくべきかと、伊沙はあの短い時間で密《ひそ》かに悩んでいた。

（やだなあ、こんなん気にすんの……）

ホームに向かい、ちょうど入ってきた電車に、溜息交じりで乗り込む。

朝のラッシュほどではないが混み合った電車の中、伊沙はまた気まずい心地になりながら、稜の隣で吊革《つりかわ》に摑まった。

「……他の学校にも友達いるんだな」

学校帰りの学生を詰め込んで電車が走り出した時、稜がぽつりとそう呟《つぶや》いた。

「え？　──ああ、中学の時の友達の友達で、知り合ったんだよ。趣味合うから、紹介してくれた友達より、顔合わせる回数多くなってるけど」

「……」

稜はそれきり口を噤《つぐ》んでしまったが、伊沙には、相手が何を言いたいのか、どうしてそれを呑み込んでいるのか、何となくわかった。

「趣味ってさ、服とか、アクセとかな。最初会った時、着てたシャツのブランドかぶってたから、気が合ったの」

「……」

「稜は、さっきのヤツとか俺の格好見て、だらしないってイラつくのかもしれないけど……」

考え考え、伊沙は小さい声で言葉を紡ぐ。昼休みに稜を怒らせてから、話そうと思っていたことだ。

「でも俺も、多分さっきのも、別に校則に違反してやろうとか、そういうつもりでやってるんじゃなくて」

「ならどうしてそんな格好するんだ」

硬い声音で、稜が訊ねる。

「誤解されるだけだろ。だらしない生活してる、だらしない学生だって思われる」

「誤解っつーか……こういうのが俺だし、まあ稜に比べりゃ基本だらしないし、間違ってないだろ」

伊沙の返答は気に入らなかったらしく、稜は無表情から、かすかに苛立《いらだ》ちを滲《にじ》ませた様子になっている。

稜の言いたいことが、伊沙にはまたちょっとわかった。

稜は多分、伊沙がだらしないこと自体に怒っているわけではなく、伊沙が他人からだらしないと評価されることに憤っているのだ。

(放っとけばいいじゃんって、やっぱり思うけど)

わからないヤツにはわかってもらわなくていいし、わかってくれるヤツだけわかってくれればいいと伊沙は思う。

稜にはわかって欲しいから、小声のまま続けた。

「寝坊酷いとか、勉強しないとかは、まあほんと性格で、駄目なとこだから、今は棚に上げさせてもらうけど」

稜は正面、電車の窓の方を見たまま、相槌《あいづち》もくれない。

「格好に関しては、俺はさ、好きでやってんの。選んでこうなの」

「……」

「俺基準では、俺のこの髪質で短髪とか、手入れしてない真っ黒い髪の方が、みっともなくて手抜きで格好悪いんだよ。そんで、好きなものは身につけておきたくて、朝起きて、どんなに時間なくても、今日はこのピアスつけようとか、そういうの、習慣になってて」

伊沙の、何とかわかりやすく説明しようという言葉を聞きながら、稜は考え込むように眉根を寄せている。

「別に、今どきこれくらい普通だろとか言う気、ないから。そりゃ流行《はや》り廃《すた》りはあるし、そういうのは一応気にするけど。制服に似合わなさすぎる格好のつもりもないし。……似合わない？」

訊ねると、一瞬、稜が伊沙の方を見遣る。

すぐに視線は逸らされてしまった。

（駄目か……）

稜にしてみれば、理由なんか関係なく、決まりに反しているものはそれだけで受け入れがたいのかもしれない。

落胆しかけた時、伊沙の隣で、稜の小声が聞こえた。

「……制服だってことを度外視すれば、似合ってる」

ぎりぎりの譲歩、という感じの返答に、伊沙は何だか嬉しくなった。

「うち、『学生らしい身だしなみ』ってだけで、校則自体は厳しくないだろ。その範囲から、ものすごく外れてることは、ないつもり。制服着てるのに成金みたいな趣味悪い金鎖とか、派手なシャツ着るとかは、俺だって格好悪いと思うぜ？　高校生ってよか、チンピラとかホストみたいな」

「でも周りから見たら、一緒だってこともあるだろ」

稜はあくまで周囲の視線を気にしている。

「あー、最近の音楽全部同じに聞こえるとか、漫画全部同じに見えるとか言っちゃう系な」

見る人から見れば、そう判断されることも、伊沙はわかっている。

「でもそういう人って、そうなるともはや『最近の高校生は』っていう括りでしか見ないと思うんだよな。ほら、生活指導とか、ネクタイちょっと曲がってるだけで、清く正しい学生らしくないって怒るだろ。あいつ靴下が白か黒じゃなくても小言言うんだぞ、校則じゃ、別に色指定なんてされてないのに。稜の今の格好だって、サブバッグが学校指定外だから、怒られるぞ」

指摘すると、稜が少し困った顔になった。稜は学校指定の学生鞄《かばん》の他に、市販のバッグを持っている。

「サブバッグは、学校推奨であって、指定じゃないだろ。今日は白衣とジャージと辞書持ってこなくちゃいけなくて、もっと大きい鞄じゃないと入らなかったし……」

「そうそう、そういうこと。稜に必要だから、そうしてんだろ。俺にも、こういう格好が必要なの。何が必要かとかって、その人それぞれで違ってて、合う合わないってあると思うけどさ。でも今、稜は似合うって言ってくれたじゃん。倉敷伊沙がこういうカッコで生きてますって、受け入れられるか無理かは別として、わかってくれただろ？」

「それは……でも……」

稜が迷うように視線を泳がせた。

もっとちゃんとわかって欲しくて、伊沙は言葉を続ける。

「何かもう、いっそ、話しちゃうけどさ。クラスのヤツらとかにも、恥ずかしいから、あんま話したことないんだけど」

言う間にも恥ずかしくなって、さらに小声になる伊沙に、稜が怪訝そうに横目で視線を寄越した。

「俺、高校出たら美容系の勉強したいの。っていうか、そういう仕事に就きたいの」

余一《よいち》にも教師にも告げたことがない気持ちだ。真面目に将来の夢を語ることが、妙に気恥ずかしくて、進路調査票にも曖昧《あいまい》に「専門学校希望」としか書いたことがない。

「服とか、アクセとか、あとはヘアメイクとか。このものぐさな俺が珍しく興味あって、雑誌買ったり、ショップ見に行ったり、してるわけ。だから、何ていうか……結局はかっこつけのためにやってることだけど、そういうの仕事とか、うーん、将来……とかに、繋《つな》がってけばいいなと思って、全部やってることだから」

「……」

「だから稜に頭ごなしに俺のやってること否定しないでもらえると、助かる。ほら、最近の高校生はーとか言っちゃうヤツには、別にどう思われたっていいって言ったとおりだけど、稜とはこの先も家族なわけだし、家族にそういうの、それこそ誤解されるのは嫌だし……」

話すうちにも、伊沙はどんどん恥ずかしくなって、最後の方は声が消え入りそうになってしまった。

自分の夢を話すのも照れ臭かったが、同じくらい、家族がどうとか、誤解されたくないとか、稜に告げるのも恥ずかしい。

照れよりも、その本音の方が勝っていたから、頑張って伝えてはみたが。

「――社会に出たら、学校みたいに、寝坊して誰にも迷惑かけないなんて言い張れなくなるんだぞ」

稜からは、そんな言葉が返ってきた。

内容は厳しいが、声音は思ったより柔らかい。

伊沙は慌てて何度も頷いた。

「わかってる。選んでやってるんじゃなくて、怠惰でやっちゃってる部分は、直すべきだと、俺も思います」

「何で敬語……」

おまけに、稜が小さく笑ってくれたので、伊沙は心の底から安堵した。

「自分が駄目なこと、家のせいにしたのは、本当最低だったと思う。稜に嫌な思いさせて、ごめん。母さんにも、悪かったと思ってる」

今こそ昼間のことを謝るタイミングだと読んで、伊沙は稜に向けて頭を下げた。

江菜の弁当を食べながら、深く反省したのだ。こんなに美味《おい》しい弁当を毎日作ってくれている母親がいるのに、家に問題があるかのごとく他人に話したのは、間違っていた。

（そうだよなあ、次に三者面談とかあった時、俺の成績とか生活態度怒られるのは、母さんな

んだもんな）

そこで江菜が教師から注意されるようなことがあってはいけない。稜が一緒になって叱られることも。

「選んでやってる方は、変えらんないけど。怠惰の方はどうにかするから、稜は今までどおり、俺を叩《たた》き起こしてくれ」

真面目にそう宣言してみたら、稜にはまた笑われてしまった。

「わかった、またベッドから突き落とす」

稜はどうやら、自分のことを許してくれたらしい。

雰囲気でそう伝わってきて、伊沙がまたほっとなった時、電車が家の最寄り駅に到着した。

「俺ばっかに話させないで、稜のも教えろよ」

ホームに降りながら、伊沙は稜をそうせっついた。自分で勝手に話しておきながら、真面目に語ってしまったことがやっぱり恥ずかしくて、落ち着かなかったのだ。

「俺のって？」

「稜は将来、何やりたいわけ。あんないつも一生懸命勉強してさ」

改札を潜り、駅を出て、並んで家に向かう。勉強を教わっていた間もこうして稜と一緒に下校することはあったが、その時はいつも下校時刻ぎりぎりまで図書室にいたから、明るいうちに並んで帰るのは初めてだ。

「俺は……伊沙みたいに、これっていう具体的な夢はないけど」

応える稜には、どことなく、困惑したふうがある。

「とにかく、なるべく金のかからない大学に行って、頑張ってたくさん稼げる会社に就職して、母さんに楽させたいって思ってる」

稜らしいなあと、伊沙は感心した。

真面目で、優しい夢だ。

でも稜自身のやりたいことがわからなくて、伊沙は不思議になる。

だからそれを訊ねるために、伊沙は本当に何の気なしに、稜に言った。

「でも母さんに楽させるのは、親父の役目じゃん？」

「——え？」

小さな驚きの声と共に、稜の足取りが止まった。

いきなり立ち止まった稜に伊沙も驚き、さらに相手の顔を見た時には、ぎょっとなった。

稜はまるで思いがけないことを突然言われたというかのように、ぽっかりと目を開いていたのだ。

茫然《ぼうぜん》、という表現が、一番近い状態だった。

「りょ、稜？」

伊沙が間近にいることすら忘れてしまった様子で、稜はぼんやり虚空を見上げている。

「……そうか……母さんには、もう、父さんがいて……」

これも、伊沙ではなく、自分自身ですらない別の何かに向けて呟くような響きだ。

もしかしたら、言ってはいけないことを言ってしまったのかと、伊沙はひどく慌てた。それは余一の役目になるから、稜は稜でやりたいことやればいいんじゃないか、そういうのはないのかと、訊ねたかっただけなのに。

「……じゃあ俺、もう必要ないのか……」

「えっ、そんな馬鹿な」

挙句、伊沙には理解できない呟きが聞こえてきたので、さらに狼狽《ろうばい》してしまう。

「ええと母さんには、稜だけじゃなくて、親父と、俺だって楽させるための頭数ができたってことだろ！　ほら、不景気でさ、色々金かかるし、普通の暮らしって以上に母さんに贅沢《ぜいたく》してもらうんだったら、三人で協力した方が、絶対いいじゃん」

稜にとって、重要な部分を、自分はまた無神経に踏み躙《にじ》ってしまったかもしれない。

そう思ったら伊沙は怖くなって、必死にそう言い募った。

「みんなで母さんに楽させる男子の会結成、な！」

「……でも父さんは充分な年収を持ってる人だし、母さんは普通の暮らしができるって以上のことなんて、望まないだろうし……俺は必要なのかな」

稜は一応、伊沙の言葉を聞いてくれてはいるようだ。

だが呟きは相変わらず、伊沙に向けてというよりも、それ以外の何かに対して向けられたような響きだった。

（――あたりまえだろ、バカ）

ぼんやりした稜の言葉を聞いて、伊沙は狼狽よりも、瞬時に腹が立ってしまった。

稜がなぜそんな基本的で簡単なことで躓《つまず》いているのかがわからず、頭を小突いてやりたいくらいだったが、惑わせたのは自分なんだしと、すんでに踏み留まる。

稜は真剣に思い詰めているようだ。

伊沙にしてみれば馬鹿馬鹿しいくらい簡単な問題だったが、笑い飛ばす気も起きない。

難しい理数のテストはすらすら解いて、学年首席の座になんて収まっているというのに、そんなつまらないことを真剣に考える稜が不思議で、腹が立って、不安だ。

「とにかくほら、帰ろうぜ。母さんが待ってる」

道の真ん中で突っ立っている高校生男子二人に、通りすがる人たちが、怪訝そうだったり、迷惑そうな視線を向けている。伊沙は稜の腕を摑んで引っ張った。

稜がとぼとぼという擬音がぴったりの動きでついてくる。

(何かこいつ、放っておけないなあ)

日頃は大体偉そうで頭ごなしにこっちを叱りつけてくるくせに、突然こんなふうになるなんて、予想外すぎた。

伊沙は小さい子供の手でも引く気分で、稜の腕を摑んだまま、家路に就いた。

◇◇◇

ぽたぽたと肩口に水が垂れていることに気づいて、稜はようやく我に返った。

風呂上がり、タオルを頭に乗せただけで、濡《ぬ》れた髪を拭《ふ》きもせず、ぼうっとベッドに座りこけていたらしい。

「冷たい……」

冷たさよりも濡れた感触が不快だったが、稜は手を動かして髪を拭く気が、どうしても起きない。

──夕方、学校帰りに伊沙から言われたことが、ずっと頭の中をぐるぐる巡っている。

『でも母さんに楽させるのは、親父の役目じゃん?』

CO
新発売
PEN

伊沙は他意なくそう言ったのだろう。

そして彼の言葉は事実だ。

江菜は余一と再婚して、誰に憚《はばか》ることなく、夫の稼ぎで家計をやりくりできる。ピアノ講師の仕事だけでは足りない分を祖父母に頼る必要もない。自分もアルバイトをした方がいいのではと、稜が気を回す必要もない。

(何で俺は、それに気づかなかったんだ?)

自分が頑張らなくてはいけないと、倉敷の家に来たあとも、思い込んでいた。

長く細い溜息をついた時、その途中で、コツコツと遠慮がちなノックの音が聞こえた。

「……伊沙?」

ノックした相手にすぐ察しがついて、呼びかけると、部屋のドアが開く。

やはり寝間着姿の伊沙だった。稜より先に風呂に入って、もう上がったから次に入るよう呼びに来た時と同じく、随分心配そうな顔をしていた。

「おまえ、まだ考えてるのか? 帰り道のこと」

訊ねながら、伊沙が稜のベッドへと近づいてくる。

稜は伊沙の裸足《はだし》の足を見下ろした。

「ごめん、俺、稜にまた嫌な思いさせるみたいなこと言ったんだよな」

「伊沙のせいじゃない、ただ俺が、気づかなくて……」

そう、伊沙が悪いわけではなかった。伊沙はただ本当のことを言っただけだ。

「……ずっとそのことだけ願って生きてたんだ。俺だけにしかできないって思ってたのに、俺じゃなくてもよかったって、今になって気づいて……」

俯《うつむ》いて、自分でも何を言っているのかわからないまま言葉を続けていた稜は、不意に濡れた髪をタオルで擦られて、驚いた。

髪を拭くというか、よしよしと、子供を宥《なだ》めるような仕種に感じる。

（……そうか、慰められてるのか、俺は）

一応は伊沙の方が弟だと言うのに、弟に宥められる感触が、案外不愉快じゃない。

どちらが兄か弟かなんて気にしたこともなかったが、あのいい加減が代名詞だったような倉敷伊沙に慰められている状態が不可解で、なのに稜はその状態を抵抗なく受け入れている。

「でもそういうのに関係なく、稜は母さんの自慢の息子だよ」

伊沙の口調は、いつもより神妙で、彼にしては信じがたく誠実な響きだ。

その声を聞き、髪を拭かれ続けながら、稜は何となく目を閉じた。

「……そうかな」

「そりゃそうだって、おまえ、そんな頭よくて、礼儀正しくて、おまけに俺より公称たった二センチぽっちとはいえ背も高くて、格好いいってさ。普通すごく自慢だろ。俺が母さんなら超自慢する。いや、あんまり言うと周りに嫉妬《しっと》されるかもしれないから、『そんなことないですよ、おたくのお子さんの方がよっぽど』とか謙遜《けんそん》しつつ、内心では『そんなことないわよ、うちの子が一番』って考えるかな」

誰の真似をしているつもりなのか、伊沙の声色がおかしくて、稜はつい噴き出した。

「おお、笑った」

妙に嬉しそうな伊沙の声がする。

「俺だって稜が兄弟……とは言ってないけど、友達って、結構自慢なんだぜ？　今日テストの結果出た直後なんか、おまえのこと自分らにも貸せって、クラスのヤツらうるせーの。伊沙ですらあんな点数取れたんだから、稜の教え方がよっぽど神憑《かみがか》ってたんだろうって」

「……そっか」

「おまえのことよく知らないヤツも、最近ちょくちょく一緒にいるせいか『倉敷と仲いい一組の、ほらあの男前、何て名前だっけ？』とか聞かれるの。そうだろうそうだろう、うちの子は男前だろうって、もう、自慢」

「『うちの子』って……」

伊沙の言葉がいちいちおかしくて、稜はまた笑った。

顔を上げて見遣ると、目の前に立っている伊沙も稜を見ていて、ほっとした様子で笑っている。

「うちの子だろ。うちの自慢の長男で、母さんの自慢の息子で、俺の自慢のお兄ちゃん。せっかく希望どおり一緒にいられるようになったんだから、もうギスギス喧嘩《けんか》とかしないで、仲よくやろうぜ」

伊沙が両手でタオルごと稜の頭を摑み、ごしごしと乱暴に髪を拭いてくる。

荒っぽく頭を揺らされながら、稜は何とか頷いて見せた。

「俺の希望どおり……だもんな」

「俺の希望でもあっただろ」

至極あっさりした口調でそうつけ足されて、稜は萎《しお》れかけていた自分の中の何かが、強力な栄養剤でも差し込まれたみたいに、急に息を吹き返すような感触を味わった。

さっきまでどん底気分だったのが、我ながら呆《あき》れるほど一気に浮上する。

どうやら江茉に自分だけが必要ではないと気づいてしまったことだけではなく、それと同じくらい、伊沙に自分の勝手を押しつけていたのだと——伊沙は嫌々テストに臨んだのだと考えることが、辛かったらしい。

（拗《す》ねた子供みたいだな、俺は）

自分がへこんでいた理由に気づくと、妙におかしい気分になって、稜は苦笑を浮かべた。

そうやって苦笑いしていたら、なぜか伊沙の指に籠《こ》められた力が弱まった。

丁寧に髪を拭かれる感触は、不愉快ではないどころか、稜にはひどく心地よく感じる。

「稜の髪は綺麗だよな。ちゃんとこしがあって。手入れしがいありそう」

髪を一房、伊沙に摘まれる感触がした。

「つまんない頭だろ、伊沙みたいに全然手をかけてないし」

今日の帰り道に伊沙の話を聞いてから、稜はもうその見た目に苦情を申し立てることはやめようと、決心していた。

改めて眺めてみれば、伊沙の髪は色を抜いているらしいわりには傷みが少なく、見苦しさとは縁遠い。

高校生としてはやっぱりちょっと……と思うが、テレビや雑誌で見かける同年代の芸能人とか、そういう人たちと頭の中で並べてみれば、何の違和感もない。

いや、興味がないからぼんやりとしか浮かばないそういう人たちよりも、稜にとっては際立って綺麗で、格好よく思えるくらいだ。

「んー、稜の顔とか雰囲気だと、俺みたいに色抜くより、今のままのが似合うなー……」

何となく伊沙のことを見上げる稜のことを、伊沙もじっと見下ろしてくる。稜に合う髪型について考えているのか、勉強をしている時よりもよっぽど大真面目な顔で、真剣な眼差《まなざ》しだ。

その表情に、稜はみとれた。

「伊沙は綺麗だな」

思いついたことを稜がついそのまま口に出すと、伊沙が小さく目を瞠《みは》ってから、すぐに照れたような顔になった。

「自慢の弟か？」

その照れを誤魔化すためだろう、おどけた口調になる伊沙に、稜は小さく頷きを返す。

「うん。――伊沙でよかった」

「……」

照れ臭くてふざけたのに、稜が真顔で応えてしまったからだろう、伊沙は照れた挙句困ったような仕種で、稜の頭に自分の頭を押しつけてきた。

タオル越しに軽くぶつけられ、そのあとぐりぐりと押されて、稜はその仕種に少し驚いた。

まるで猫が懐いて、甘えて、近寄ってきたみたいな風情で、懐かれたこととその感触に、嬉しくなる。

「おまえ、最初滅茶苦茶つんけんしてたくせにさあ。何それ、急に」

伊沙は責める言葉を口にするのに、口調には拗ねた響きがあったから、稜は小さく声を漏らして笑った。

「だってバカそうに見えたから」

「ひっでーなあ！」

なぜか頭突きされた。

痛かったが我慢して、稜は伊沙の後ろ頭を、今度は自分が宥めるように叩いた。

「まあ、そりゃ、俺はバカでアホだけどさ。国語は九十点台でも、英語も数学も酷かったしさ。理科なんて八点だよ。迫力ありすぎだよ」

「でも伊沙はやっぱり、頭悪いわけじゃないと思う」

学力だけでは計れないものがあることは、稜も知っている。

ただそれで計ることしかできずに、江菜と余一の再婚がなければこうやって一緒にいることもなかったのだと考えたら、とても怖くなった。

「だから、勘違いして、ごめん」

伊沙がそっと稜の頭から自分の頭を離し、稜を見下ろして、大きく頷いた。

「許す」

「偉そうだなあ」

わざと呆れた声を出しながら、稜は伊沙が離れてしまったことに、どこか寂しさや、物足りなさを覚えてしまう。

「——伊沙、俺そろそろ髪切りに行こうと思うんだけど、どうしたらいいと思う?」

伊沙がこのまま部屋を立ち去ってしまうのが嫌で、稜は思いつきの台詞を口にした。

「あ、マジで? ちょっと待って、今適当に雑誌持ってくるから、一緒に見ようぜ」

パッと嬉しそうな顔になったと思うと、伊沙は慌ただしく部屋を出て行った。すぐに自分の部屋のドアを開け放ち、何かばたばたとものをどけたり落としたり倒したりする音が、稜のところまで聞こえてくる。

「うるせー……」

あまりの賑《にぎ》やかさにおかしくなって、笑いを堪《こら》えながら、稜は伊沙が戻ってくるまでの短い時間を、変に待ち遠しい気分で過ごした。

◇◇◇

「……何だ……痛ェ……」

呻《うめ》く自分の声で目が覚めた。

瞼《まぶた》を開くと、すぐそこに床がある。ということは、どうやら自分は床の上に俯せに寝転んでいるらしい。

「え、どこ……」

見覚えのない床だ。伊沙はまた呻きながら、その床に両手をついて、のろのろと体を起こした。

すぐ横のベッドが視界に入る。

ベッドの上では、同じく俯せになった稜が、伊沙の方に顔を向けて、すうすうと静かな寝息を立てている。

「……」

伊沙は何となく、自分もベッドに凭《もた》れ、頭を載せて、稜の寝顔を眺めた。

(キレーな顔してるよな。自分こそ)

ゆうべ、稜に自分が思っているのと同じことを言われた時は、驚いた。

じっと目を覗《のぞ》き込まれて、本当は少し動揺していた。誤魔化したつもりだったが、稜にはばれてしまったかもしれない。

稜の言葉や仕種にうろたえたのではなく、うろたえた自分にうろたえてしまったのだが。

(何であんな照れてたんだ、俺)

稜があまりに無防備に、無垢《むく》な目で自分を見るので、照れ臭くて仕方なかった。

でも目を逸らしてはいけない気がして、見返した。

(稜は、最初に思ってたよりも全然素直で……可愛いヤツ、なのかも)

見た目は可愛いというよりも、格好いいとか、やっぱり綺麗と表現する方がしっくりくるのだが。

いつもみたいに眉間《みけん》に皺《しわ》が寄っていると、神経質で小うるさい委員長というイメージだけど、こうやって皺を解いて力が抜けたふうだと、本当に格好いい。

(でも昨日の稜は可愛かったなー……)

多分昨日、自分は稜の弱点を突いてしまったのだと伊沙は思う。

連発で迂闊《うかつ》な発言をしたことは、正直悔やんでいる。

稜が『江菜に楽をさせてやりたい』と、どれだけ真摯《しんし》に願いながら生きてきたのかなんて、少し話を聞いただけで伊沙にもわかった。

だからもっと別の言い方があったはずだと申し訳なく思うのに、それと同時に、弱ってる稜が可哀想で可愛いだなんて考えてしまった自分は、きっと最低の男だ。

それでも『江菜には間違いなく稜が必要で、自慢の息子』なのだと稜自身が納得して、ほっと力が抜けたようになった様子は、それ以上に可愛かったので、安心する。

伊沙には、どうやら稜が笑っていてくれるのが嬉しいらしい。

最初は本当に口うるさくて嫌なヤツだと思ったのに、今は同じ部屋で寝ることにだって何の抵抗もないくらい、稜のことを好きになっている。

(変われば変わるもんだなあ)

去年同じクラスだった時も、同居を始めるためにこの家に稜が来た時も、こんな距離感で相手を眺める日が来るだなんて、想像もしていなかった。

じっと稜の寝顔を眺めていたら、少し寝苦しかったのか、眉間に小さく皺が寄る。またちょっと神経質そうな雰囲気になってしまった。

それが勿体《もったい》なくて、伊沙は指先でつんつんと稜の眉間をつついた。

「……ん……」

むずがるように呻いて、稜の瞼が震える。

起こしたら悪いと思いつつ、稜だけ眠っているのがつまらなくて、ついちょっかいをかけてしまった。

「……伊沙?」

うっすら目を開けた稜が、半分寝ぼけたような調子で、でも伊沙の存在にはちゃんと気づきながら、声を絞り出している。

瞼を開いた稜の視線が自分を捉え、瞳がゆっくりと焦点を絞る様子を、伊沙は間近でじっとみつめていた。

「オハヨ」

相手の瞳を見ながらそう挨拶《あいさつ》すると、稜の唇が小さく持ち上がる。

「……おはよう」

昨日、自分ばかり照れてしまったのが今思い出しても恥ずかしく、今度は稜を照れさせてやれと思ったのに——伊沙は結局また一人で照れてしまって、ベッドに突っ伏した。

少し経つと、伊沙の頭に何かが触れる感触がした。

稜の掌だ。

「あのまま寝ちゃったのか……ごめん、俺だけベッド使って」

稜が髪型を変えたいと言うので、伊沙は張り切って部屋から雑誌を抱えて戻り、浮かれてアドバイスをしまくった。

ちょっと調子に乗りすぎたかなあと思いはするが、自分の好きな分野で稜に頼られたことが、どうしようもなく嬉しかったのだ。

「いいよ、おまえの部屋だし、居座ったの俺だし」

雑誌をめくるうちに話題が少しずつ逸れて、髪型から服の話になったり、全然関係ない学校での話になったり、止まらないまま時間が過ぎていった。

二人して眠くなるまで話し込み、たった数メートルの距離すら億劫で移動したくなくなって、伊沙は稜の部屋の床に転がって眠ってしまったらしい。

(体、バキバキじゃねえか)

床で寝たせいで体の節々が痛かったが、今稜に頭を撫《な》でられる感触は気持ちいい。

——昨日の夜に、伊沙が頭を撫でていた時の稜も、気持ちよさそうだった。

この歳になると、そうそう頭なんて誰かから撫でられる機会がない。

稜にそうされるのは恥ずかしくて、撫でられた以外の場所、腹とか胸の辺りがむず痒《がゆ》くなった。

だが感触はあまりに心地よく、伊沙はそっと目を閉じながら、されるがままになっておいた。

「……もう少し寝るか?」

まだどこか眠たそうな声で、稜が訊ねてくる。伊沙が目を閉じたのを眠たいせいだと思ったのだろう。

さっき壁の時計を見た時は、起床には微妙に早い時刻だった。かといってきちんと寝直すには足りない。

「部屋戻るの、めんどくせー……」

伊沙が呟くと、押し殺した稜の笑い声が聞こえる。

「出た。伊沙の『めんどくせー』」

それが自分の口癖、しかもあまりよくない類《たぐい》の癖だという自覚はある。

けど本当にここを動くのは億劫だった。

億劫という以上に、稜とのこの空気を壊すのが勿体ないと、どこかで考えている自分にも、伊沙は気づいている。

「仕方ないな」

稜の声と共に、伊沙の頭を撫でていた手が離れる。

妙に名残惜しい気分になって伊沙が顔を上げると、今度は腕に稜の手の感触が来た。

「えっ」

気づいた時には、力の抜けていた上半身を、ベッドの上に引っ張り上げられていた。

「床じゃ体痛いだろ。ちょっと狭いけど、こっち寄るから」

伊沙がされるままベッドに自力で上がると、伊沙から手を離した稜がごそごそ身動《みじろ》ぎして、ベッドの端へと移動する。

稜のベッドはシングルサイズだ。高校生男子二人が横たわるには狭く、しかし伊沙は稜の誘いを断る気など起きずに、自分もなるべく端っこに寄ってベッドに寝転んだ。

稜は壁の方を見て、伊沙には背を向けている。

伊沙も稜と背中合わせの格好になる。

「……」

「……」

眠たかったはずなのに、眠気がどこかに行ってしまったみたいだ。伊沙はやけに目が冴えて、目を閉じる気にすらなれなかった。

入眠の際には脈拍が遅くなる、とテレビか何かで聞いた覚えがある。

伊沙の鼓動はいつもより微妙に速い。

これでは眠れるはずがない。

「……眠れぬ」

溜息交じりに伊沙が呟くと、後ろで稜の体が震えた。ベッドまで揺れている。

「何でそんな、武士っぽいんだよ……」

稜は笑っているようだ。伊沙の呟きは小さかったのに、それを聞き取ったということは、稜も目を覚ましたままだったのだろう。

稜も同じように眠れなかったことや、笑ってくれたことが妙に嬉しくて、伊沙は調子に乗って稜の方に寝返りを打った。無闇に相手の背中を指で突いてみる。

「拙者、眠れぬでござる」

「やめろよ、昨日といい、そういう変な声出すの……っ」

稜が笑いながら後ろ手に伊沙の手を払おうとしながら、訴える。伊沙がしつこく背中を突き続けると、稜も寝返りを打ち、伊沙を睨みつけてくる。

お互い睨み合う格好になったが、この状況がおかしくなって、二人同時に噴き出した。

伊沙は何がそんなにおかしいのかわからないまま、おそらく稜も同じような気分で、ひたすら忍び笑いを漏らしてしまう。

揃って馬鹿みたいに笑っていると、前触れなくノックの音がして、返事をする間もなく稜の部屋のドアが開かれた。

「――何だ、伊沙もここにいるのか」

余一だ。ビクッと、なぜか伊沙と稜と、またしても同時に体を震わせた。

伊沙が振り返ってみれば、寝間着姿の父親が、朝っぱらからじゃれ合っている息子二人を見て、呆れた顔になっていた。

「起きてるなら、お母さんを手伝いなさい。今下に下りるところだから」

それだけ言うと、余一は特に返事を待たずにドアを閉めた。廊下を歩き、今度はトイレのドアを開ける音がする。

「び、びっくりした」

何をそれほど驚いたのかはわからないが、伊沙は心臓の上を押さえて、冷や汗をかく気分で呟いた。

見ると、稜は深々と息を吐いている。こちらもひどく驚いた様子だ。

「……朝飯の支度、手伝うか」

気を取り直したように稜に言われて、伊沙は頷いた。

「だな。顔洗ってこよ……」

もそもそと身を起こし、稜のベッドから降りる。

稜と一緒にいるところを父親に踏み込まれたことで、なぜ自分がこれほどまでに焦ったのか、この時の伊沙には本当にわからなかった。

6

「あれ伊沙、小谷も、学食こねーの？」

高月に訊ねられて、伊沙は稜と揃って頷きを返した。

「うーん、やっぱ学食で頼まないのに俺らだけ弁当って、悪い気がしてさ。混んでるじゃん、あそこ」

「何だよ。じゃあ喰い終わったらこっち来れば、その頃には空いてるだろうし」

業者テストの結果がわかってから、一週間ほど。

伊沙は稜と弁当を食べようと思ったが、稜は五組の教室に入ることを躊躇して、伊沙も一組の教室ではさすがに無理だと思い、「じゃあ学食に来れば」と高月に誘われて、先週はそうしていたが。

注文もしないのに混み合った学食の座席を占拠するのも申し訳なくて、伊沙と稜は協議の結果、適当な空き教室で昼食をとることに決めた。

「こっちの校舎は静かでいいよな」

教室のある建物ではなく、実習室や図書室や生徒会室などのある特別教室棟は、生徒たちの喧噪《けんそう》も遠く、どこかしんとしている。音楽室の方から、吹奏楽部の自主練習らしき音が漏れ聞こえてくるくらいだ。

伊沙は使われていない教室にのびのびと忍び込み、壁際の床に直接腰を下ろした。

「ここ、みつかったら怒られるんじゃないか、やっぱり」

そう言いつつ、稜も伊沙の隣に胡座《あぐら》で座り、弁当箱を開けている。

「前見られた時は、平気だったって。鍵かかってるとこ開けたらマズいだろうけど、ここ何もねーじゃん」

数年前まで生徒数が多かった名残で、校舎にはまったく使われていない空き教室がいくつかある。倉庫代わりになっていたり、通常の授業以外で利用されることの多い部屋はきちんと施錠されていたが、使うあてのないところは、鍵もかけられずほったらかしにされていた。

「何も置かれてないと、教室って結構広いんだな。変な感じだ」

机も椅子も掲示物もないがらんとした教室に、誰かが書いた黒板の落書きだけ残されている。最稜は何となく落ち着かない様子で、カーテンすら掛けられていない窓の方を見遣っている。最上の四階で、学校の周囲にはめぼしい建物もなかったから、窓から見えるのは空ばかりだ。

「前って、何の用事でこんなとこ来たんだ、伊沙」

「高月たちとかくれんぼしてて」

訊ねられたので応えたら、稜が呆れた顔で伊沙に視線を移す。

「おまえ、高校生にもなって」

「いや、意外に面白いんだって。放課後暇でさ。ジュースとか賭《か》けて。稜も今度やろうぜ、人数多い方が面白いし」

他愛のない話をしながら、二人で同じおかずの弁当を食べる。

稜は癖のように伊沙を窘《たしな》めてはいるが、口調は全然怒っていない。むしろ楽しそうですらある。

「この学校、割と広いだろ？　卒業までに全部の施設制覇するんだよ。知らない教室とかあったら、悔しいし」

「……そんなの、思いついたこともなかったなあ……」

伊沙の言葉に、稜はぼんやりと呟いて、唐揚げを口に運んでいる。

稜は伊沙の前で、随分と弛んだ様子を見せるようになった。

いつも背筋を伸ばしてビシッとした優等生らしくいたのに、今は胡座で壁に寄りかかって、少し背中が丸まって、すっかりリラックスしきっている。

「音楽準備室とか、吹奏楽のヤツに頼んで、入れてもらったことあるぜ、俺。何もなかったけど。思ったより狭かったし」

「それ、楽しいか？」

問い返しながら、稜が自分の分のプチトマトを勝手に伊沙の弁当箱に移している。

「稜、トマト嫌いだったっけ？」

「好きじゃない。伊沙好きだって言ったろ」

「好きだけど。じゃあ代わりにセロリをやろう……」

「俺セロリの方が苦手なんだけど」

稜が自分の弁当箱をガードして逃げるので、伊沙は箸で摘んだセロリを無理矢理相手の口に押しつけた。伊沙は特別セロリが嫌いでもなかったが、稜が嫌がっているのが面白くて、つい遊んでしまう。

「ほら、口ついたからおまえのな」

「おまえなー……」

眉を顰《しか》めつつ、稜は諦《あきら》めた様子で伊沙の箸からセロリを食べている。

（あれ）

予想外に稜が素直にセロリを食べる姿を見て、伊沙はひっそりと動揺した。

まるで、子供とか――彼女にやるみたいなことを、ナチュラルにしでかしてしまった気がする。

「青臭い……」

稜の方は伊沙の動揺に気づいたふうもなく、仏頂面になって、ずるずると伊沙の方に凭れかかってきた。

「気持ち悪い」

「えっ、そこまで嫌いなら避けろよ。っていうか、母さんに言って入れないようにしてもらえよ」

「十六年間、好き嫌いなしで通してきたんだ。今さら言えない」

苦悶《くもん》の表情で、稜がセロリの筋と戦うように、口を動かしている。

(こいつ、ものすごい気ィ遣って生きてきたんだろうなあ)

これまで食卓に何度もセロリやプチトマトが上ってきたが、稜が食べ残しをするところを、伊沙は見たことがない。伊沙も、せっかくの江菜の料理にけちをつけるのは嫌だったので、苦手なものが出てきても頑張って手をつけるようにしてきたが、『伊沙はそれが苦手なのね』と江菜には見抜かれて、次からは小さく切り刻んだり、他の素材と加工したり、工夫して皿に並べられた。

だからきっと稜に苦手なものがあって残したとしても、江菜は気にしないだろうに。

「ほら、お茶飲め」

「いらない。砂糖入ってる紅茶嫌いなんだよ」

伊沙が自分の分のミルクティを手渡してやったのに、素気なく断られた。

(そんで俺には全然気ィ遣ってないのな)

稜の態度は本当にすっかりユルユルだ。伊沙には何でか、そのことが変に嬉しかった。

高月たちがいるところでは、稜がこんな様子を見せることはない。五組の生徒の前でそうなのだから、一組のクラスメイトの前でも当然、同じだろう。

なのに伊沙と二人きりの時だけ、こんなふうに甘えてくるのだ。

「いいから、飲めよ。セロリ味よりマシだろ」

強引に伊沙が押しつけたペットボトルを稜がしぶしぶ受け取って、不満を目一杯に表した顔で飲んでいる。

「不味いのの二倍じゃないか……」

「よしよし、気の毒に」

稜があまりに不機嫌になるので、伊沙は面白くて、その頭を子供にするように撫でてやった。

相手がますます怒り出すことを予測したのに、稜はまた大人しく伊沙のやることに従っている。

（何だもう、可愛いなあ、こいつ）

頭を撫でるどころか、稜を抱き締めたい気分になって、伊沙はそんな自分にぎょっとした。

（いやいや、それは、駄目だろう）

でも本音だ。なかなか寄りつかず、無理にちょっかいをかけたら爪を出すよその家の猫が、やっと自分に懐いてくれた時みたいな達成感がある。

経験上、そこで調子に乗って抱き締めて頬摺《ほおず》りなどすれば、猫は怒って逃げ出すことはわかっているので、我慢した。

高月からは弁当を食べ終わったら学食に来ればいいと言われていたが、伊沙と稜は、結局だらだら弁当を食べて、食べ終わった後も空き教室に居座った。

伊沙は稜と二人でいるのが居心地よくて、この場所から離れるのが面倒臭い。

稜の方も同じなのだろう。学食に行こうとか、教室に戻ろうとか、彼の方から言い出すこともなかった。

五時間目の予鈴が鳴り、伊沙はようやく重たい腰を上げた。稜がまだ自分に寄りかかっているので、自分が先に立ち上がると、稜の腕を引っ張り上げる。

「ここ、のんびりできていいな。明日も来る？」

伊沙が訊ねると、稜があたりまえのように頷いた。

「よく見たら埃《ほこり》すごいから、どこかから箒《ほうき》持ってくる」

立ち上がった稜が、伊沙の制服の背中を叩いてくれた。見ると、伊沙も稜も、制服がすっかり埃と砂だらけになっている。

そんな状態でも、掃除してまでまた来ようというのだから、稜もここを気に入ったのだ。

伊沙はそのことで浮かれた気分になる自分を訝《いぶか》りながら、稜の制服も綺麗に叩いてやって、二人で一緒に空き教室を後にした。


二人きりになればすっかり油断した様子で寛《くつろ》ぐ稜だったが、家に帰って、江菜や余一の目があるところでは、相変わらず優等生然とした、品行方正な息子の態度を貫いていた。

「母さん、後片づけいいよ、俺がやっておくから」

夜遅くなって、洗い物をしかけた江菜に稜が声をかけるのを、伊沙はソファに座りながら見ていた。使った食器は稜も伊沙も食べ終わった直後に自分で片づけていたが、水につけておいたシチューの鍋だけ、シンクに残っていたのだ。

「いいわよ、ちょっと焦がしちゃって、大変だから」

「大変だから俺がやるんだよ。あ、父さん、風呂から上がったみたいだ。次、母さん入ったら」

「そう……？　じゃあ、お願いね」

稜は江菜をキッチンから追い出し、腕まくりで、鍋の焦げ落としに取りかかろうとしている。

伊沙も立ち上がって、稜の隣に並んでみた。

「そっちの金だわし、使うなよ？　鍋に傷つくと、そっからまた焦げやすくなるんだから」

伊沙の予測どおり、稜は鍋を金属のたわしで擦り上げようとするところだった。

「ウチにあったもう傷つきまくりのは仕方ないけど、母さんが持ってきた鍋は、そっちのアクリルので洗えよ。あ、研磨剤入りの洗剤も使ったら駄目だからな」

「……ややこしいな……」

稜が憮然《ぶぜん》と鍋を見下ろす姿に、伊沙は忍び笑いを漏らした。

「俺、やろうか？」

「いい。俺がやるって言ったんだから、俺がやる」

頑固に言い張って、稜は伊沙が指示したたわしと洗剤で、鍋を洗い始める。

伊沙は手伝うこともなかったが、無意味に稜の様子をそばで眺めた。稜も伊沙を邪魔にすることなく、熱心に鍋を洗っている。

「稜ってさ、反抗期とかなかった？」

暇なので、伊沙は気になっていることを稜に訊ねてみた。

「反抗期？」

怪訝そうな反応が返ってくる。

「ないけど。伊沙は、あったのか？」

「あった」

「父さんに？」

「いや、親父には反抗しようにも、あのヒト家にいなかったから。その代わり小学生の頃、伯母さんには超絶反抗してた」

「伊沙が？」

稜は意外そうな顔だ。伊沙なら反抗期すら面倒臭がってやりすごしそうな印象があったのかもしれない。

「考えたら世話になっておいて反抗期とか、ありえねーよな。小学校の五年くらいの時がひどくて、伯母さんと喋らなかったり、作ってくれた料理食べなかったり。ちょっとしてからすぐやめたけどさ。そんで中二の時に改めて謝ったら、すごい泣かれた」

「そうか……」

稜が磨く鍋は、すぐに焦げが落とされ、綺麗になっていく。その様子を眺めながら伊沙は頷いた。

「うん。泣かれたあと、思いっ切りぶん殴られたけど。顔」

「そ、そうか」

その反応からして、伊沙は稜がきっと江菜にも、一緒に暮らしていたという祖父母にも、手を上げられたことがなかったんだろうなと思う。

「結局、伯母さんにすげー甘えてたんだと思う。何やっても許してくれるだろっていう前提があって、本当、アホだよなと思うけど。今になっては」

「……」

鍋を磨き終え、稜が蛇口の水を止める。

「俺は……反抗なんて、できなかった。考えもつかなかった」

「しなさそうだよな。母さんに対する態度見てても」

伊沙は一足先に、ソファにまた戻った。稜も鍋を片づけ、手を拭いてからソファの方へやってきて、あたりまえの態度で伊沙の隣に腰を下ろす。

その稜を、伊沙は隣から見遣った。

「余計なことかもしんないけど、何かちょっと、大丈夫なのかなーと……」

「え？」

「いや、稜は、最近俺の前だと甘えるし、我儘《わがまま》言うじゃん？」

稜が少し困った顔になりながら、伊沙を見返してくる。

そういう反応が可愛い……と言ったら余計困った顔になって面白いだろうと思うが、話が進まなさそうなので、伊沙はとりあえず我慢した。

「だから、性格的に甘えられないいんじゃなくて、相手が母さんとか、親父だから、遠慮してんのかなとか……親が相手でも、駄目っぽい？」

稜は義理の父親である余一はともかく、江菜の前ですら、いつも気を張っているように見える。

でも自分と二人きりの時の稜は、とても寛いで、楽そうだったから、家の中でも同じようにできればいいと、伊沙は思ったのだ。

「……母さんの実家、結構いい家で、躾《しつけ》が厳しかったんだ」

「ああ、おまえ、そんな感じな。いいとこで育った子、みたいな」

「叱ったり殴ったりはまったくなかったけど、騒ぐと眉を顰められたり、遠回しに母さんのこと責めたり。俺が少しでも態度が悪かったり、失敗すると、『やっぱり江菜一人の手には余るのか』って」

「え、でも、じいさんとばあさんもおまえの面倒見てたんだろ？」

「祖父母にとっては、母さんはもう嫁に出した娘、よその女性だったんだよ。俺も内孫とはいえ、小谷を継ぐのは母さんの従弟だし、『小谷の家の子』じゃない」

小谷の家について、稜はあまり伊沙に話したがらない。長い間暮らした場所らしいのに、大して執着する様子もなかったから、稜にとってそこは懐かしいところではないのだろうと伊沙にも察しがつく。

「俺の言動ひとつひとつが、家の中でも外でも母さんの評価に繋がるんだ。だから反抗なんて、本当に思いもよらなかった。誰に対しても」

「……そっか……」

伊沙はそれが随分と窮屈なもののように感じられた。

何となく、稜が自分の素行にまでうるさく言ってきた理由がわかった気がする。稜は未だに、小谷の家で暮らしていた時の気持ちが、拭《ぬぐ》えないでいるのだろう。

「でも、おまえが家でちょっとくらい羽目外したって、俺も親父も、母さんの責任だとか思うの、ありえないぞ?」

「それは……わかってる。伊沙とか、父さんのことが信頼できないってわけじゃない。今はもう」

稜はまた正直なところを答えてくれた。きっとこの家に来た最初の頃は、伊沙たち父子に対して、かなり警戒というか、緊張して接していたのだろう。

「ちゃんとしなくちゃ、っていうのは、もう身に染みついてるから。どっちかっていうと、この方が自然で楽なんだ。母さんだけ働かせるのとか、勉強せずだらけるのとか、落ち着かない」

「そういうもんか……？」

「環境もだろうけど、生まれつきの性格もあるんだと思う。未だに、朝なかなか起きない伊沙見るとイラついて、殴りたくなるし」

「お……起きてるだろ、頑張って起きてるだろ、俺。つか、殴りはしなくても、突き落としてはいるじゃんおまえ、実際」

「だから伊沙はそういう心配してくれなくていい。大丈夫だから」

殴りたいなどと言われて焦る伊沙の言葉は無視して、稜がそう続けた。

「学校でも、きちんと校則守って、きちんと勉強して、真面目に生活するのが好きなんだ。ただ……」

伊沙を見ながら話していた稜の視線が、不意に横へ逸らされる。言葉を探しているふうに、何度か唇を開いたり、閉じたりという動きを稜が繰り返した。

「……ただ、何？」

促すと、稜が伊沙から目を逸らしたまま、また口を開く。

「他のところではちゃんとしていたいのに、伊沙に甘えるのとか、我儘言うのは気持ちがいい」

「――」

小声で打ち明けた稜の言葉に、伊沙は相槌を打つこともできず、黙り込んだ。

何も言わない伊沙の態度をどう思ったのか、稜が不安そうに伊沙のことを窺い見る。

「……呆れるか？」

呆れるどころの話じゃなかった。

（心臓痛ェ……）

心臓を流れる血管すべてが、いきなり縮まってしまったかのように痛くて、伊沙は慌てて自分の胸を片手で押さえた。

（あ、違う……腹か？）

押さえてみたが、痛みは和らがない。胸というより、腹の奥の方が痛いというか、またむず痒くなったのかもしれないと、伊沙は今度は反対の手でその辺りを押さえた。

「……伊沙？」

黙りっぱなしで怪しい挙動を取る伊沙に、稜はますます不安になったようだ。

困り果てた声で呼びかけられ、伊沙は息まで苦しくなってくる。

おまけに苦しいだけではなく、やたら誇らしいような、自慢げな気分が湧き上がってきて、不可解だ。

（こういうの、何て言うんだ……優越感？）

稜に対する優越感ではない。

稜以外の、世界のすべての人々に対する優越感だ。

（ウチの子こんなに可愛いんですよ！　っていう……）

こんなに可愛い稜に甘えられて、おまえら羨《うらや》ましいだろう、とか。

（我ながらわけわかんねーけど）

混乱しかけた伊沙は、稜を不安にさせっぱなしであることに気づいて、少し我に返った。

「全然、呆れるわけねーじゃん」

そう本心から答えても、稜の表情は晴れない。

きっと甘えることに慣れないせいで、怖いのだろう。

伊沙は言葉で答える代わりに、別の方法で、自分が呆れるわけがないと証明することにした。

「じゃあ稜も、俺のこと甘やかせよ」

言いながら、昼間空き教室で稜がしていたみたいに、伊沙も相手に寄りかかる。

肩に頭を凭せ掛けたら、思いがけず、稜の腕が背中に回って、伊沙は相手に抱き締められるような格好になった。

（ん？）

意図した体勢とは違ってしまったが、これはこれで、いい。

とても気持ちがいい。

（そういや、俺もあんま、伯母さんに『だっこー』とかはなかったなあ）

自分の子供時代を思い出しつつ、伊沙も稜の背中に腕を回した。

思い切り体重を預けてやると、稜の腕に力が籠もる。大袈裟《おおげさ》なくらいぎゅうぎゅうと抱き締められ、その力強さがおかしくて、伊沙は笑い声を立てた。

いい歳した高校生男子二人が、何やってんだろうなあと思う。

「おにいちゃーん、とか、言うべき？」

伊沙も悪のりで、そんなことを訊ねた。

稜が答える代わりのように、伊沙の耳許に唇をつけてくる。

その感触に一瞬びくっと自分の体が揺れたのが妙に恥ずかしくて、誤魔化すように、伊沙は首を竦めながらまた笑い声を立てた。

稜の唇が、さらに耳許、首に近い辺りを掠《かす》る。

自分ばかりそうされているのが、何でか負けな気がして、伊沙は身動いで顔を起こし、相手の隙を突くようにその頰にわざと音を立ててキスしてやった。

（あれ？）

そうしてから、伊沙は勢いに任せて、自分がものすごく変なことをしたような気になる。

（何か今俺、おかしかったか？）

でも稜は別に、驚いた顔も怪訝な顔もしていない。

ちょっと笑って伊沙の目を覗き込んで、それから、唇の端すれすれを狙うように、唇をつけてきた。

（——あ、これでいいのか）

これは、ちょっとしたスキンシップの延長だ。

子供の頃に帰ったようなもので、自分も、きっと稜も、そういう経験がないから、今そのやり直しをしているようなものだ。

（……だよな？）

だからちっともおかしくなんてないはずなのに、おかしいはずがないと自分に言い聞かせている自分が、伊沙には奇妙に感じられた。

（って、考えてることもよくわかんなくなってきた）

混乱している間に、稜が伊沙の手をそっと握ってくる。

稜が笑っているから、まあいいかと、伊沙は気にするのをやめた。

兄弟のスキンシップというのは、えらく気持ちのいいものだなあと考えながら、遠慮なく稜にまた体重を預けた。


「稜、伊沙、寝るなら、お部屋に行って寝なさい」

体を揺すられ、伊沙はハッと覚醒《かくせい》した。

目を見開くと、真っ先に飛び込んでくるのはふかふかのラグマット。

「……あ……？」

「お風呂、栓抜いちゃうわよ？　それとも、入る？」

眠たい目を擦って、伊沙はもぞもぞとラグの上に身を起こした。咄嗟に壁時計を見ると、もう深夜の時間。視線をずらせば、とっくに風呂から上がって、髪も乾かし終えたらしい江菜がすぐそばに立っている。

それから横を見ると、ソファの上で、すやすやと気持ちよさそうに眠っている稜の姿があった。

「こ、こいつ……」

ふざけてじゃれ合ううち、眠たくなって、伊沙も稜もそのまま寝入ってしまったらしい。

二人でソファに凭れていたはずなのに、気づけばこの有様だ。稜が寝ぼけて自分を蹴落《けお》としたに違いないと、伊沙は恨みがましい気分で、寝息を立てる稜の顔を見遣った。

伊沙の視線は、その唇へと勝手に向かう。

子供のようにじゃれ合ううちに、一瞬だけであっても、たしかにあの唇と、自分の唇が触れた。

そのことを、記憶というより、感触で伊沙は思い出した。

床に転がされたのは、だとすると、かえってよかったのかもしれない。稜とくっついて寝ているところを江茉に見られたら、言い訳がしづらいというか、できないというか。

(くそ、稜だけ気持ちよさそうに寝やがって)

「どうするの、伊沙。もう遅いから、お風呂に入るなら早くしなくちゃ駄目よ?」

「う、うーん、入る」

江茉に重ねて問われ、伊沙は急いで立ち上がるついでに、稜の腕を引っ張ってソファから引き摺り下ろしてやった。

「痛ッ」

ラグが敷いてあるし、ソファ自体足のない低いものだったから、大したダメージにはならないだろう。稜が痛みというよりは驚きの声を上げて、床の上に飛び起きた。

「え、何……」

咄嗟に状況が把握できないのか、焦ってキョロキョロしている姿がおかしくて、伊沙は横を向いて笑いを堪《こら》える。

「……伊沙？」

誰の仕業か気づいた稜が、先刻の伊沙同様、恨みがましい目で睨みつけてきた。

「寝相悪いんだよ、稜」

勝ち誇って笑って見せると、稜がソファの上のクッションを摑んで、投げつけるまではいかないが、伊沙に押しつけてくる。

「おまえっ、落とすか、普通？」

「稜だって毎朝俺をベッドから突き落としてるだろ、っていうかさっき稜が俺のことそっから突き落としただろ」

伊沙も別のクッションを摑み、稜に応戦した。

「知らないよ、朝はおまえが起こせっていうから起こしてるんだろ」

「——あなたたち、もう夜遅いのよ？」

ばたばたとクッションを押しつけ合っていた伊沙と稜は、若干冷ややかな江菜の声を聞いて、揃って動きを止める。

「仲がいいのも結構だけど、早くお風呂に入って、ちゃんとお部屋で寝なさい。明日も学校でしょう」

「へーい」

「ご、ごめん、すぐ入ります」

伊沙に釣られて、江菜の前だというのに騒がしくしてしまった稜が、焦った様子で立ち上がる。稜に睨まれたので、伊沙はこっそり舌を出してやった。

稜がまたクッションを振りかぶり、伊沙の脳天に押しつけてくる。

「こら、稜、大概にしなさい！」

「うわっ、はい、ごめんなさい！」

さすがに厳しい声で叱りつけてきた江菜に、稜がまた狼狽する。

伊沙のところからだと、稜の後ろにいる江菜が、何となく嬉しそうな笑いを堪えているのが見えていた。

（ああ、やっぱ母さんも、稜がいい子すぎるの心配だったんだな）

江菜の表情で、伊沙はすぐそれを把握する。

稜の方は、江菜に叱られたのが気まずいのか、目許を赤くしている。

伊沙は稜が江菜の前で馬鹿なことをやってしまったと落ち込まないうち、江菜の表情についてあとでちゃんと教えてやろうと、こっそり考えた。

学校で弁当を一緒に食べるようにしてから、相談したわけでもないのに、伊沙と稜は自然と登校時間も合わせるようになった。

（おんなじ家に住んでるのに、わざわざバラバラに行くのが変だったんだよな）

混雑した電車の中にぎゅうぎゅうと詰め込まれ、荒っぽい運転に揺られながら、伊沙は倒れないよう手摺りへと必死に摑まった。

隣では、同じように稜が手摺りを握り締めている。

「やっぱり、もう一本か二本、早いやつの方がよかったな」

息苦しいのか少し上を向いて、ぼやくように稜が呟いた。

「伊沙、明日はもうちょっと早く支度しろよ？　俺が起こしたら、二度寝しないでちゃんとベッド出ろ」

本当はもう少し前の電車に乗るつもりが、伊沙がもたもたしていたせいで遅れてしまった。

「わかったわかった、ごめんて」

適当に相槌を打ちながら、伊沙はどうしてなのか、稜の口許ばかり眺めてしまう。

昨日から、ずっとこうだ。

昨日の夜、稜と——弾みで、唇と唇をくっつけてしまってから。

(あれは、でも何て言うか、気持ちよかったなあ)

抱き合ったことも気持ちよかったし、耳許や唇に相手の唇で触れられたことも、気持ちよかった。

気持ちよすぎて、伊沙は油断するとその時の感触をつい反芻《はんすう》してしまう。

「……伊沙？」

半分は無意識のうち相手の唇を凝視していた伊沙の様子に、気づいた稜が小さく首を傾げた。

それから、稜は少し慌てた様子で自分の唇に指で触れた。

「え、もしかしてケチャップとかついてるか？」

朝食は江菜お手製のオムライスだった。

「やっ、大丈夫、ついてない」

慌てる稜の様子が可愛くて、伊沙まで釣られて慌ててしまいながら、首を振る。

「……そうか？」

ではなぜ自分をじろじろ見るのかと、稜の視線が問うているのはわかったが、伊沙は気づかないふりで目を逸らした。

顔が赤くなっているのは自覚している。

(ノボせそう)

息苦しいのは満員電車のせいに違いないと、誰に聞かれたわけでもないのに頭の中で答えて、伊沙は早く電車が駅に着くよう祈った。

稜と五組の前で別れる時は、最近いつも物足りない気分になる。

「じゃあ伊沙、また昼休み」

「おー……」

たったの教室三つ分離れているだけだし、たったの四限我慢すれば、また会えるというのに。

(俺、こんな甘ったれだったっけ?)

首を捻りながら教室に入る。高月が気づいて伊沙に手を振ってきた。

「よー、また小谷と電車一緒だったのか」

「うん、まあ」

高月たちには、そろそろ自分たちが兄弟になったことを教えても構わないんじゃないかと、伊沙と稜の見解は一致している。

なのに伊沙はまだそれを言い出しかねていた。

自分でも理由はよくわからない。

「高月、そういや、おまえ妹いるって言ってただろ」

「うん、高月星空《せいら》ちゃん。幼稚園のスモックが世界で一番似合う四歳児」

高月の両親も再婚で、その間に年の離れた妹がいると、割と最近聞いた。

その時こそ、『俺と稜も実は再婚で兄弟になったんだよ』と打ち明ける絶好の機会だったはずなのに、逃してしまった。

「あのさ、その妹と、チューとかする？」

「するする、超する。結婚の約束もする」

妹の話をするたび高月はでれでれだ。一回り離れた相手が、可愛くて可愛くて仕方がないらしい。

「ほっぺたに？　口に？」

「ほっぺも口も。母親がやるから、星空も俺に真似するんだよ。いや俺は兄だからいいけど、万が一幼稚園で他の男にでも同じことやったらマズいから、家で以外やるなよって言い聞かせてるんだけどさ」

高月はしばらく妹自慢の兄馬鹿ぶりを発揮していたが、伊沙は後半ほとんど聞いちゃいなかった。

（そうか、兄だから、いいんだな）

そこだけを何度か反復する。

（俺と稜は兄弟なんだから、したって、変じゃないんだよな）

薄々――全力で現実から目を逸らしている気が、我ながらするが。

伊沙が精一杯都合の悪いことに気づかないよう努力していると、廊下側の窓から、前触れもなくひょいと稜が顔を見せた。

「伊沙、俺の古文の副読本持ってないか？」

「え、ちょっと待って」

伊沙が慌てて自分の鞄を探ると、たしかに言われたものが入っていた。

せっかく勉強がそこそこ楽しくなったので、伊沙はたまに、好きな教科だけ稜に勉強を教わっている。ゆうべは古文の講釈を受けて、その時に稜の本を自分のと入れ違えてしまったようだ。

「何で伊沙、しょっちゅう俺のものと自分のものと間違うんだよ」

稜の言うとおり、伊沙は教科書だのノートだの体操着だの、ぱっと見で自分のものか相手のものかわからないものを、たびたび間違って自分の荷物に入れてしまっている。

先に気づくのは必ず稜で、稜はその都度伊沙の部屋や教室まで取りに来る羽目に陥っていた。

「もしかして、わざとやってる？」

疑わしげに見られて、伊沙はぶんぶんと首を振りながら、稜に副読本を返す。

「いやいや、素でだらしないだけ。ごめん、気をつける」

怠惰を直すと宣言して間もないのに、この始末だ。伊沙は反省して神妙に言ったのだが、稜は面白そうに笑っている。

「何だ、俺に会いたくてわざとやってるのかと思った」

「……っ」

まさか稜がそんな冗談を言うなんて予測していなかったので、伊沙は不意を突かれて、絶句した。

伊沙が「そういうわけじゃない」と反論する前に、一部始終を伊沙の隣の席から見ていた高月が、呆れた声を挟む。

「おまえら、彼氏彼女みたいだな」

高月の台詞に、伊沙は続けて声を詰まらせる。だが動揺したことを高月にも、稜にも知られたくなくて、どうにか余裕の笑顔を作って頷いて見せた。

「おー、ラブラブだからな、俺たち」

躍起になって反論したらマズいと訴えかける本能に従って、伊沙はふざけて高月に答える。

「何だよ見せつけんなよもー」

ノリのいい高月が芝居がかって悔しがるふりをしてくれたから、伊沙は何ごともなくその場をやりすごすことができた。

そっと稜の方を見遣ると、ただ楽しそうに笑っている顔がある。

稜が笑っていることに伊沙はほっとしたし、それに二人きりの時以外でも気楽そうな様子に見えるのが、ちょっと嬉しかった。

「にしてもおまえら、本当に仲よくなったな」

稜が自分のクラスに帰った後、高月が感心したように言った。

「小谷、何だか前より随分感じよくなったし」

高月の言葉に、伊沙はまた嬉しくなる。

昼休みになって、約束どおり昨日と同じ空き教室に向かうと、伊沙より早く稜が来ていた。

「あれ、何か床綺麗になってない?」

昨日と同じ場所に座っている稜の隣に、伊沙も腰を下ろす。その辺りの床だけ埃が取り払われているのがわかった。

「三限の後に掃除しておいた。時間なかったから、ここだけだけど」

「おお……すげぇ行動力だな」

「食べる前に掃除したら埃が舞って嫌だろ。でもあの埃に気づいたのに、そのまま弁当食べるのも嫌だし」

稜のおかげで、伊沙も快適な気分で弁当を開くことができた。

稜はすっかりこの空き教室が気に入ったらしい。伊沙も同じだ。

静かだし――稜がいるし。

二人でぽつぽつと雑談しながら、伊沙たちはのんびりと弁当を食べ終えた。

去年同じクラスだった時、稜は昼休みの間は本を読むか教科書を開いていた覚えがある。二年生になってからもそうやって休み時間を過ごしていただろうことは想像できたから、今こうやって暢気《のんき》に自分と寛いでいていいのかと伊沙は疑問に思ったが、口には出さなかった。

そんな勿体ないことを、と思う。もし「それもそうだな」と稜が教室に戻ってしまったら、伊沙はひどくつまらない思いをするだろう。

「伊沙、寒いのか？」

雑談の途中、稜がふと、伊沙の方を見て訊ねてきた。

伊沙はいつも以上に背中を丸め、膝を抱えるような姿勢になっている。

すでに十月に入り、衣替えがすんでいた。季節はすっかり秋だ。衣替えのあとに気温もぐっと下がって、寒いのが苦手な伊沙は、早くも上着の下にセーターを着るべきか悩み始めている。

「冷え性っぽいんだよ、俺。ほら、手ェ冷たい」

伊沙は右に座っている稜に、左手を差し出してみた。

「本当だ」

稜の右手がためらいなく伊沙の左手に触れ、その体温をたしかめるように軽く握ってくる。

稜の手は温かい。その温かさに、伊沙の心臓が何でか跳ねた。

その上稜は、左手でも伊沙に触れてきた。

両手で掌を握り込まれ、どこか大事なものに触れるような仕種で指先に肌を擦られて、伊沙は寒いせいではなく体に鳥肌が立つような感触を、にわかに味わった。

怖いわけでも気持ち悪いわけでもない。なのに、背中からぞくぞくと震えが湧き上がってくる感じがある。

稜に触れられる自分の手から目が離せなくなった。伊沙がじっとその様子を見下ろしていたら、稜が伊沙の両手を掬《すく》い上げるように動かして、自分も軽く身を屈《かが》めて、指先に唇をつけてきた。

それだけで震えそうになる自分の体に、伊沙は動くなと念じた。

万が一にも、嫌がっているとか怖がっているとか、稜に思われてはいけない。反射的にそう考えた。

嫌じゃないし怖くない。ただ、気持ちいい。

稜の唇も温かかった。親が子供にするみたいに、冷えた指を吐息で温められる。

伊沙は今度、稜の唇から目が離せなくなった。

じっと見ていたら、その視線に気づいたように、稜が不意に目を上げる。

真っ向から目が合って、稜も自分をみつめながら体を起こし、その顔が近づいてきた時も、伊沙は身動ぎひとつしなかった。

——いや、嘘だ。稜の綺麗な顔が視界の中で大きくなるのを見ながら、伊沙は自分からも相手に身を寄せたし、唇が触れる寸前、無意識に目を閉じていた。

以前の夜みたいに端っこを掠めるようなものではなく、お互いの唇の感触が間違いなくわかるような触れ合いだった。

(ああヤバイ、ハマってる)

ただ唇を重ねるだけで、伊沙も稜も動かず、じっとしていた。

(稜もこないだ、気持ちよかったのかな)

ただ唇を重ねるだけで、体とか頭の芯が痺《しび》れるくらいの心地よさを味わえるなら、それをしない理由が伊沙には思いつかない。

少し開いた唇から、鼓動の速さに反した呼吸を、ゆっくりと繰り返す。稜の静かな呼吸と混ざり合い、「そういえば弁当を食べた直後なのに」と少し色気のない方に伊沙の頭が向きを変えた時、五限五分前を報せる予鈴が鳴り響いた。

使われていない教室のスピーカーは電源が切られているから、チャイムの音は少し遠い。

その鈍い電子音を聞きながら、伊沙と稜はほぼ同時に、ゆっくりとお互いから離れた。

「――また放課後」

囁く稜の顔を、今はまともに見ることができず、伊沙は俯いて頷いた。

「うん」

放課後まであと二限分。午前中の四限の半分なのに、伊沙は朝稜と別れた時以上に、名残惜しさを感じてしまう。

まだ離れてもいないのに、もう稜と次に会う時間を焦がれてしまう。

(駄目だ俺、稜のこともう滅茶苦茶好きじゃん)

男同士なのにとか、義理とはいえ兄弟なのにとか、面倒臭いので横に置いたまま、伊沙はただ自分の気持ちだけを強烈に実感する。

悲しくもないのに目の奥がツンとした。

好きで、触れ合うことが倖せで泣きたくなるなどという経験を、生まれて初めて味わってしまった。

座った床から、稜の方が先に立ち上がる。稜はまだ伊沙の手を握ったままで、伊沙は稜に引っ張り上げられて自分も床から立ち上がった。

そっと見遣ると、稜は伊沙から目を逸らしていた。

その目も潤んで赤いことに気づいて、伊沙は立ち上がったばかりなのに、床に座り込みたい気分になった。腰砕け、と表現するのがぴったりかもしれない状態で。

「……遅れたくないから、行く」

稜が小声で言う。口に出して宣言しないと、この場から動きたくない気持ちが勝ってしまうのだろうなと、伊沙は簡単に把握することができた。

「よし、行こう」

伊沙はこのまま授業なんてサボって放課後まで稜とだらだらしていてもいい気がしたが、稜が気にして悔やんで落ち込むのは嫌だったので、未練を振り切って頷いた。

(放課後になれば、おんなじ家に帰るんだから)

それでも廊下に出て稜と手を離す時は、寂しくて仕方がなかった。

7

平日の夜、いつもより早く帰ってきた余一《よいち》も含めて夕食を食べ終えたあとに、家族揃《そろ》ってお茶を飲みながら温泉番組を見ていたら、伊沙《いさ》が「温泉に行きたい」と言い出して、江菜《えな》がすぐ賛成した。

「一泊か、二泊で、旅行なんて素敵ね」

「あ、いいね、いいね、俺、修学旅行以外で泊まりの旅行したことないから、行きたい」

俄然《がぜん》、伊沙と江菜が意気投合して、盛り上がっている。

稜《りょう》が江菜の隣、ソファに座った義父を床からそっと見遣ると、余一は楽しげな妻と息子を眺めて、いつもはあまり表情のない顔に柔らかい笑みを浮かべている。

「車で行くなら、箱根《はこね》か、那須《なす》か……箱根なら、電車もいいわね」

「何だっけさっきテレビでやってた、ロマンチックカー?」

「ロマンスカーだろ」

いい加減なことを言う伊沙の言葉をすかさず訂正しながら、稜だって笑わずにはいられなかった。

家族団欒《だんらん》の時間、なんて、自分の人生に訪れるとは思ったためしがない。無理だと諦《あきら》めていたわけではなく、味わった経験がないから、期待しようとも思わなかったのだ。

でもそれが間違いなく目の前にあって、江菜は珍しくはしゃいでいるし、伊沙も楽しそうだし、余一も嬉しそうだし、稜には何も言うことがない。

(家族で温泉か)

家族旅行だって、稜はしたことがなかった。伊沙と同じく、泊まりがけの遠出は学校行事か、あまり気の進まない親戚づき合いの一環くらいだ。

(——伊沙と温泉、か)

そしてそう考えた時には、家族旅行について思いを巡らせた時と、別種の感慨が湧いてくる。

「親父って、冬休みなんか取れんの?」

「今からねじ込めば、どうにか」

「じゃあ年末とか、年明けとか、行こうぜ。あ、その辺りだともう泊まるところ探さないと、間に合わないのか?」

「そうねえ、さっきの川辺のお宿が素敵だったけど、テレビで紹介されたところじゃ、きっともう年末年始は一杯でしょうね」

「旅館とかホテルってどうやって予約するもんなんだ、稜？」

名前を呼ばれて、稜はハッと我に返った。

稜の近くで床に座っていた伊沙は、怪訝《けげん》そうな顔で視線を向けてくる。

「おまえ、具合悪いの？　何か顔赤いけど」

「――いや、全然、大丈夫」

伊沙は何ともないのか――と問いたくなったが、江菜と余一の手前、そんなことを訊ねられるわけがない。

(だって、伊沙と温泉だぞ)

稜は複雑な気分だった。家族旅行は嬉しい。とても嬉しい。

けれども伊沙と一緒に温泉に入るとなった時、稜には自分が一体どういう反応をするのか、伊沙がどういう反応をするのか、考えようとして怖くなり、想像をやめるしかなかった。

やめたはずなのに赤くなる辺りで、自分でも始末に負えない。

「ネットとか見ればいいのかなー、携帯からでも調べられんのかな？　じゃなくて、代理店みたいなとこ行けばいいの？」

伊沙はとにかく温泉に乗り気で、張り切っている。

稜は家族でいる時、あまり伊沙のことばかり見ないように気をつけてきたのに、伊沙があまりに楽しそうで、その様子が可愛かったので、目が離せなくなってしまった。

顔が弛んでいる自覚はあるのに、それも止められない。

(伊沙は……どう思ってるんだろうな)

だがそれを考えれば、稜の気持ちと表情が曇ってくる。

伊沙と、キスをした。

しかも一回や二回じゃない。ここのところ、もう毎日、何度も。

学校の空き教室とか、朝伊沙を起こすついでとか、夜伊沙が勉強を教わりに来る稜の部屋とか、江菜と余一が寝静まったあとのこの居間とか——。

どちらかがどちらかにするというより、いつもどちらからともなく、そうしている。

会話の途中、もしくは何も言わずに二人でぼんやりしている合間、フッと、「あ、今」と思うタイミングがある。

稜がそう感じる時、伊沙も確実に同じタイミングに気づいて、本当にどちらからともなく、同じくらいの距離をお互いが詰めるのだ。

何度も繰り返している行為だが、触れ合いはシンプルで、そこに何らかの意味が込められているのか、稜にはわからない。

最初は子供のようなスキンシップの延長だと思っていた。

今でもそう思ってはいる。

伊沙は稜を甘やかしてくれるし、甘やかさせてくれる。他の人が相手だったら絶対にできないのは確実だ。稜も伊沙も。

自分たちが自分たちだからこそできる触れ合いに、一体どういう意味や名前をつければいいのか、稜はずっと答えを出しあぐねていた。

怖いせいだと思う。

(いくら兄弟って言ったって、義理だし、そもそも別に兄だの弟って感じじゃないし、もう高校生だし、普通やらないだろ)

そのくらいは気づいていた。だから怖い。兄弟だから一緒にいられるようになったのに、自分たちのしていることが『兄弟だから』ではすまないものだと考えるなんて。

核心の部分に触らないよう、伊沙を眺めながらぼんやり考え込んでいた稜は、突然響いたチャイムの音で、再び我に返った。

「どなたかしら、こんな遅い時間に……」

江菜が不審そうに言って、彼女に釣られて稜も壁の時計を見遣った。夜の九時。真夜中というわけではないが、一般家庭を約束もなく誰かが訪れるには、少し非常識な時間だ。

「ご近所の方かしらね」

「俺が見てくる」

稜はソファから腰を浮かせかける江菜を制して、居間の壁に取りつけられたインターホンに向かった。玄関のカメラが、インターホンのモニターに、白黒で女性の姿を映し出している。

「はい、どなたですか」

不審者だったら、江菜に応対させるわけにはいかない。稜は受話器越しに問いかけながら、相手の姿に目を凝らした。

モニターに映っているのは、二十代半ばくらいの、若い女性だ。

『夜分に畏れ入ります、私、須永《すなが》と申します』

稜には顔も名前も覚えがない。両親どちらかの知り合いかと彼らを振り返った時、受話器から声が続く。

『倉敷《くらしき》余一さんの、部下だった者です』

どことなく気懸かりそうにこちらを見ている余一と目が合った。稜は受話器を押さえて、相手の名前を余一に告げる。

「須永さん?」

余一は怪訝そうではあったが、突然の訪問を訝《いぶか》っているだけで、その名前自体には覚えのありそうな感じだった。

「お知り合いの方？　上がってもらいましょうか？」

「そうだな……」

江菜に問われ、余一が軽く首を捻りながら立ち上がる。

二人が玄関の方へ向かっていって、残された稜は、伊沙と顔を合わせて同時に首を傾げた。

少しすると、余一たちが須永という若い女性と、その後ろに三、四歳ほどに見える小さな男の子を連れて居間に戻ってきた。

女性は男の子の手を引いて、俯《うつむ》きがちに部屋に入った。稜や伊沙からは視線を逸《そ》らすようにしながら、辛うじて頭を下げている。

「須永亮子《りょうこ》さんだ。五年前まで、父さんの補佐として働いてもらっていた」

息子たちに女性を紹介する余一の声音には、どこか困惑したような響きがある。

女性は余一に勧められて男の子と並んでソファに腰掛け、余一はその斜向かいに座り、江菜は慌ただしくお茶の支度をしている。稜と伊沙は、自分たちがどうしたらいいのかわからなくて、同じ場所にただ座り続けた。

「外、寒かったでしょう。もう夜は随分冷えるから」

江菜が亮子の分と、余一の分の緑茶を淹《い》れて、二人の前に湯呑みを置いた。自分は余一の隣に、どこか遠慮がちに腰を下ろす。

(何だか……嫌な空気だな)

大体夜にアポイントなしの訪問者というだけでどことなく不吉な感じがするのに、俯いたまましじっとしている亮子が暗い印象に見えて、稜は落ち着かない気分になる。

顔立ちは綺麗な女性だし、着ているものも品があってよく似合っているが、その全身から何となく幸薄そうな空気が滲《にじ》み出ている気がした。

女性の隣で、男の子はきょとんとした顔になりながら部屋のあちこちを見回し、その合間に女性の顔を窺《うかが》うように見上げたり、やはり落ち着かない様子だ。

「それで、須永さん、相談というのは」

さすがに余一はあからさまな動揺など見せず、静かに女性へ訊ねていた。家族に対する時とは微妙に雰囲気が違うから、会社での余一はこんな感じなんだろうなと、稜は想像する。

「……あの時の子です」

小さな声で、女性が言うのが聞こえた。

間を置いて、もう一度彼女が言う。

「部長、あの時の子です」

「……」

部屋の中がしんとなった。

「四年前の、四月五日の、木曜日の、大阪《おおさか》出張の時の子です。——裕也《ゆうや》と言います」

ゲホッと、伊沙が噎《む》せる音がする。

稜はおそるおそる余一を見た。

「……あの時……」

余一はきつく眉を顰め、考え込むように呟《つぶや》いている。

（——心当たりがあるのか？）

その反応に、稜は察し、体が冷えるような心地を味わった。

余一の隣に座っていた江菜も、強張《こわば》った顔で夫を見ている。自分のスカートをぎゅっと握り込んでいた。

「認知してください。部長にとっては一夜の過ちかもしれません、でも裕也はたしかに私と倉敷部長の子です。未婚のまま裕也を生んで、この三年間苦労して、苦労して、もう育てるのも限界です。お願いですから、認知してください」

「……伊沙、稜」

俯いたまま低いトーンで平坦に呟く女性にではなく、余一が息子たちに向かって呼びかけた。

「部屋に戻っていなさい。少し話をするから」

した。

「え……」

伊沙はぽかんとした顔で父親を見上げ、動こうとしない。動けないらしい。

稜は先に立ち上がり、呆気《あっけ》に取られている伊沙の腕を取って、大人たちのそばから引き剥《は》がした。

居間から出て階段を上る半ばで、伊沙がやっと茫然《ぼうぜん》自失から立ち直った様子になった。

「な……なんていうか、やっすい昔のドラマみたいだなあ……」

それでもまだ動揺しているのか、伊沙が段差を踏み外しそうになっているので、稜はその腕を摑《つか》んだままにしておいた。

「『部長、あの時の子です』、って」

「伊沙、俺の部屋に来るか？」

空笑いしている伊沙のうろたえぶりが心配で、稜はそう申し出た。伊沙がすぐ頷《うなず》き、稜のあとについて部屋に入ってくる。

伊沙は勝手に稜のベッドにすとんと座って、全身で漏らすような深い溜息をついた。

稜はベッドから少し離れた学習机の椅子に座り、伊沙の様子を眺める。

「でも、あれだな。母さんと再婚するまで女っ気全然ないと思ってたのに、親父も、やるな」

空笑いのまま言ってから、伊沙が稜を見て、段々表情から笑みを消すと、黙り込んだ。

稜は伊沙と同じように笑い飛ばしてやりたかったが、どうにも笑えない。

たしかに、安いドラマでも見ている気分だった。

伊沙が見るからに気落ちして床に視線を落としてから、思い直したように顔を上げた。

「……でも、でも四年前なら、ほら、親父が母さんと知り合う前のことだろ。ノーカンだよ」

「……」

稜はやっぱり、伊沙を安心させるために笑ってやることはできなかった。

時期が問題ではない。あの女性は一夜の過ちと言っていたが、回数が問題なわけでもない。

あの女性と余一の間に、子供が存在することが大問題なのだ。

「……」

「……」

伊沙はとうとう完全に口を噤《つぐ》み、稜も話す言葉が浮かばず、これ以上ないというほど気まずい沈黙が部屋の中を支配した。

一時間以上も二人して黙り込み、暑いわけでもないのにじっとりと滲む汗の不快感に稜が我慢できなくなる頃、コツコツと部屋のドアを叩《たた》く音がした。

稜が返事をすると、余一が姿を見せる。

「須永さんには、帰っていただいた。もう下に下りて大丈夫だ」

余一は普段とまったく変わらない態度だった。子連れの女性に父親の名指しで押しかけられたなんて、信じられないくらい。

「——親父」

ベッドに座ったままの伊沙が、弱り果てた顔で余一に呼びかける。

余一が伊沙を見て小さく頷いた。

「誤解だ。身に覚えがない」

「……わかった」

伊沙は納得して引き下がった。

稜は二人の間でどういう態度でいればいいのかわからず困惑したが、とにかく母親のことが心配で、余一の脇を抜けて部屋を出ると、階下に下りていった。

そっと居間を覗《のぞ》くと、江菜が先刻と同じ格好のままソファに座っていた。

ひどく青ざめた顔をしている。

稜は声をかけるのをためらったが、江菜はすぐに息子の姿に気づいて、ぎこちない笑顔を向けてきた。

「——お茶、飲みかけだったのに、冷めちゃったわね。淹れ直しましょうか」

稜は江菜にも何を言っていいのかわからなかった。

気づくと、伊沙と余一も居間に下りてきている。

江菜が淹れ直したお茶を四人で飲み直したが、その間全員が無言だった。

気まずさに耐えかねたのか、伊沙がお茶を飲みきらないうち、早々に席を立った。稜もそれに倣《なら》う。江菜と余一はもう少し話をした方がいいのではと思った。

稜が階段を上る頃には、伊沙は自分の部屋に入ってしまっていた。

稜もまた自分の部屋に戻り、勉強する気にもなれなかったのですぐベッドに潜り込んだが、目が冴《さ》えてなかなか寝付くことができなかった。

——不安で、不安で、仕方がなかった。

◇◇◇

駅から自宅へと続く道を歩きながら、伊沙は我知らず、大きな溜息を漏らしてしまった。

これでもう何度目か。

息を吐ききってから、隣に稜がいたことを思い出し、慌ててその顔を窺い見る。

だが稜は伊沙の溜息になど気づかない様子で、難しい表情を作り黙然と歩いていた。

伊沙はもう一度、今度は軽く、上を向いて溜息をつく。

（恨むぞ親父……）

朝からお互い、こんな調子だ。伊沙と稜は家でも学校でも必要最低限の言葉を交わすだけで、今日は会話らしい会話が成り立っていない。

伊沙と稜だけではない。家族四人、それぞれがそれぞれとの距離感を測りかねて、おはようとかいってきますとかの挨拶《あいさつ》くらいしか、声を掛け合えなかった。

つい半日前の一家団欒が冗談みたいに、家の中がぎくしゃくしている。

あの須永とかいう女性と子供は、とんでもない爆弾だった。

最初の頃は、伊沙も『ドラマみたいだ』と言って空元気でも笑っていられたが、一晩あれこれ考え、授業中もさらに考え込むうち、割ととんでもない事態が我が家に訪れているのではということに気づいた。

（最初の結婚同士ならともかく、再婚で、しかも半年も経ってないのにこれって）

家族の間はうまくいっていたと思う。でもそれは、全員が気を遣って、歩み寄ろうとしていたおかげだろう。まだ微妙なバランスであることは否めない。なのにあんな爆弾を放り込まれて、ぎこちなくならない方がおかしい。

（親父、ちゃんと母さんに説明できたのか、あれ……）

江菜は朝も顔色が優れなかった。当然だろう。

伊沙は父親が寡黙なのが、単に口下手なせいだと知っている。大事な問題を前にした時ほど、考えて考えすぎて、ろくろく言葉が出てこないのだ。その父親が、江菜が納得する形できちんと説明を果たせているのか、はなはだ不安だった。

（誤解つったんだから、誤解なんだろうけど）

しかしあの女性から話を聞いた時の余一の反応は、おかしかった。多少は思い当たる節があるような、それに気づいて動揺していたような様子だった気がする。

（稜も何か、暗いしさー……）

余一の実の息子である伊沙以上に、稜の方が思い詰めた顔をしていた。

稜が江菜をどれだけ大事にしているか伊沙は知っているから、母親の再婚相手が未婚の女性を孕《はら》ませるか、その疑いを持たれるような男だということに、ショックを受けているのだろうと思う。

伊沙にしてみれば、たとえ一夜の過ちとやらが実際あったとしたって、女性が連れていた子供が自分の弟でなければそれで終わる話だが、稜や江菜たちはそうもいかないこともあるだろう。

余一の動揺は稜にも江菜にも伝わっていたようだった。不信感を持たれて当然だ。だからこそ今、江菜も稜も暗い顔をしているのだ。

朝のうちに余一から聞いた説明では、須永という女性は、認知を諦めたわけではないらしい。時間が遅いのでとりあえず今日は帰るように言い含めて、後日改めて話し合いの場を設けることにしたそうだ。

(病院で調べりゃ、マジで親父の子なのかは、わかるんだよな?)

きっと話し合いの時は、その辺りをたしかめることになるのだろう。余一と女性の一対一というわけにはいかないだろうから、江菜もその場に立ち会うのかもしれない。だとしたら江菜がひどく気の毒だ。

(かといって、俺とか稜がそんなとこに参加するの、母さんも親父も嫌がりそうだしなあ)

困った問題が起きているのに、自分には手の出しようがない。それをもどかしく感じながら、無言のままの稜と一緒に自宅まで辿《たど》り着いた伊沙は、何の気なしに玄関の前に視線を遣って、仰天した。

「うわっ、何で」

「え?」

稜も驚いて目を瞠《みは》っている。

玄関のポーチの下に、小さな子供が膝を抱えて座っている。

どう見ても、昨日女性が連れて来た、あの四歳児だ。

「え、どういうこと?」

伊沙は慌てて辺りを見回し、門の外に駆け出して道路の方まで戻ってみるが、どこにも女性の姿がない。

「待て待て、おまえ、一人で来たのか? そんなわけないよな?」

伊沙がまた玄関前の男の子の方に戻って訊ねると、男の子は伊沙を見上げて目を瞬くばかりで、答えない。

稜が、男の子の前にしゃがみ込んで、その顔を覗き込んだ。

「――裕也君?」

呼びかけた稜に、男の子がぱっと嬉しそうな表情を作る。

稜は男の子に笑いかけてから、伊沙を見上げて、表情を曇らせた。

「今日、母さん仕事だよな……」

今、倉敷家の中には誰もいない。ピアノ教室の日なので江菜の帰りは九時を過ぎるだろうし、余一もそのくらいにならなければ帰ってこない。

(これ……置いてかれたってことか?)

捨て子、という言葉が伊沙の頭に浮かんだが、男の子の手前、口にすることはできなかった。

だが状況から見て、そういうことなのだろう。男の子の母親の姿はどこにもない。どうやらあの女性は非常手段に出たらしい。

「と、とにかく、親父に電話するわ」

伊沙は携帯電話を取り出して、余一の番号にかけてみた。だが留守電に繋《つな》がってしまう。仕事の最中、私用の携帯電話は電源を切っているのだ。仕方なく、伊沙は手短に伝言を残した。伝言を聞ける状況にならなければ、どっちにしろ余一が会社を抜け出すことはできないだろうし、こんなこと他の人に伝えようもないので、会社宛に電話することは諦める。

「ええと、あと、どこに連絡すりゃいいんだ……?」

余一と同じところに勤めていたのなら、社内に女性の連絡先が残っているかもしれないが、詳しい事情も説明せず、会社の人間が子供に個人情報を教えてくれるとも思えない。

伊沙が困惑するうち、稜の方も自分の携帯を取り出して、電話をかけていた。

「——もしもし、うん、仕事中ごめん。今、昨日の須永さんっていう人の子供が来てて。……いや、子供の方だけ。須永さんとは連絡取れない。……うん、うん」

電話の相手は江菜だろう。淡々と状況を説明して江菜の指示を仰ぐ稜の様子を、伊沙ははらはらする気分で見守った。

江菜と話す間、稜の手がずっと裕也の頭を撫《な》でていて、その仕種が伊沙の胸に妙に残る。

少しの遣り取りのあと、稜が電話を切って、伊沙を見上げた。

「母さん、次のレッスンが終わったらすぐ帰ってくるから」

「そっか……」

「それまで、この子の面倒見てるようにって。――家に入れるぞ？」

稜が自分を気遣って訊ねてくることを、伊沙は心底申し訳なく思った。伊沙が頷くのを見てから、稜は玄関の鍵を開け、男の子の背中を優しく押して、家の中に入らせた。

男の子は稜に促されて大人しく居間のソファに腰掛け、稜は手際よく冷蔵庫のジュースをコップに注いで、男の子に手渡した。

「こぼさないようにな？　おなかは？　空いてないか？」

伊沙はただただ男の子を遠巻きにして立ち尽くすばかりなのに、稜はやけに親身な様子で、男の子に声をかけている。

男の子は稜を見て首を振った。そうか、と頷いて稜が立ち上がり、戸棚から適当に煎餅《せんべい》だの、チョコレートだのを取り出している。

（あ、俺のおやつ……）

伊沙がいじましいことを考えているうちにも、稜がそのお菓子の袋を開けて、男の子に手渡した。おなかは空いていないと応えたはずなのに、男の子は急いでチョコレートを口に運んでいる。もしかすると、随分長い間一人で玄関前にいたのかもしれない。

「トイレは平気か？」

夢中でお菓子を食べている男の子に呼びかける稜を、伊沙は意外な気分で見守っていた。稜の立場なら、自分とはまったく関わりのない子供を煙たがり、反感を持ったって責められないだろう。

だが稜は男の子に対して終始優しく、伊沙だって今まで見たことのないくらい親切な態度で接している。

男の子は食べるだけお菓子を食べると、急に眠たくなったのか、目を擦《こす》り始めた。さすがに何もかも稜に任せるわけにもいかず、伊沙は客間の押し入れから毛布を引っ張り出してくると、すでにソファに横たわっている男の子の体にそれをかけてやった。

「――こいつ、全然喋《しゃべ》んないのな。幼稚園くらいだろ、そのくらいの子供って、まだ喋れないっけ？」

体を丸めて寝入っている男の子をおそるおそる眺めながら、伊沙は呟いた。昨日も来た家だからか男の子に怯《おび》える様子は見られなかったから、そのせいで喋らないわけでもなさそうだった。

「男の子は言葉遅いっていうけど、三歳なら、普通単語くらい喋るだろうな」

稜は眠る男の子の髪を撫でている。男の子は無意識のうちに、稜の手に額を擦るような仕種をしている。

「声には反応するから、聴覚に問題はないみたいだし。単に大人しい子なのか……まあ、わからないけど」

稜は毛布をめくり、さらに男の子のシャツもまくり上げていた。何をしているのかと訝ってから、伊沙は稜の行動の理由に気づいた。故意につけられた痣《あざ》だの出血の痕だのがないかをたしかめているのだ。

気になって伊沙も稜の隣で覗き込んでみたが、そういう怖い形跡はみつからなかったので、ほっとする。

「にしても、置き去りにするとか、ひでぇことするよな。あの須永って人」

真夏でも真冬でもないのは幸いだが、戸外に幼稚園児を置いて放っておくなんて、伊沙には理解できない行動だった。いくらここが父親候補の家だからって、黙って置いていくなんて、子供にも伊沙たち一家にもひどい仕打ちだ。

「……」

稜は黙って男の子を眺めていて、伊沙の憤りに対しては何も言わなかった。

少し経つと、玄関の方で慌ただしい物音がした。江菜が帰ってきたのだ。

「大丈夫？　怪我とか、熱とかはない？」

江菜は手荷物を置くのもそこそこ居間にやってくると、男の子の眠るソファに駆け寄った。

「食べたし飲んだし、大丈夫だと思う。疲れて寝てるだけだよ」

「そう……よかった」

江菜は心から安堵《あんど》したように呟《つぶや》いている。

二人の態度が、伊沙にはどうしても不思議だった。稜以上に、江菜はこの子供を嫌がって当然の立場だ。再婚した夫が余所《よそ》で作ったかもしれない子なんて、家庭に波風をたてる厄介な存在でしかないだろうに。

「あら、あなたたち、まだ着替えてもいないのね。この子は私が見てるから、荷物もお部屋に置いてきなさい」

自分こそ帰宅したままの状態だが、江菜が息子たちを気遣って呼びかけてきた。

伊沙は迷ったが、この場合で自分が役に立つことなど欠片《かけら》もないのは目に見えているので、江菜の言葉に甘えることにする。

稜と一緒に部屋に向かい、着替えて居間に戻ってからも、伊沙にはできることが何もなかった。

男の子がよく眠っているようなので、江菜が今のうちに急いで買い物をすませると言い、家を出て行った。

伊沙はまた、ソファの前に稜と並んで座り、男の子を見守る。

稜はじっと男の子のことを見ていた。伊沙には、男の子よりもそんな稜のことが気に懸かったが、何をどう訊ねればいいのかわからない。

（何でおまえ、余所んちの子なのにそんな優しいの、とか……）

自分の立場で訊ねるべきことなのかもわからず伊沙が困っていると、男の子を見たまま、稜の方から口を開いた。

「うちも父親がいなかっただろ。俺が生まれる前に、事故で死んだって」

「あ……うん」

稜の口調は、江菜に電話をしていた時のように、淡々としている。

「本当は、うちも未婚なんだ」

それが、落ち着いているからではなく、湧き上がる感情を抑えようとした結果だということに、伊沙はやっと気づいた。

「実の父親が事故で死んだのは嘘《うそ》じゃない。母さんは高校卒業したてで、相手はまともな社会人だったっていうけど身よりのない男で、そういう状況だから、祖父母が結婚に猛反対していて、仕方なく母さんは相手と一緒に家を出た。それで、籍を入れる直前に、相手が事故で死んだ」

「……」

初めて聞く稜の話に、伊沙は黙って耳を傾けた。江菜は高校生の息子がいるにしては若いと思っていた。もしかしたら結婚よりも稜ができる方が早かったのかもしれないと、口には出さずに考える。

「働いたこともない母さんは一人で俺を産むこともできずに、仕方なく、小谷《こたに》の家に帰った。帰った時には、近所中から『未婚の母』って扱いになってたらしい。高校生なのに子供を作って駆け落ちした挙句、男に捨てられてきた女、っていう」

「え……でも、ちゃんと結婚するつもりだったし、事故だったんだろ？」

「説明したって、証明できないからな。外から見れば、状況的にはそうとしか言えない。『駆け落ちした相手が事故で死んだ』なんて、態のいい言い訳にしか聞こえないだろ。祖父母が説明を嫌がって、その話になると口を噤んでたから、余計だ」

稜の眉根が、ぎゅっと寄った。辛《つら》そうな、悔しそうな顔だった。

「だから俺は、自分の存在が母さんの落ち度の結果だなんて、少しでも他人から思われるわけにはいかなかったんだよ。間違わずに、正しいことだけをやってこなきゃいけなかった。周りが大声で褒めないわけにはいかないくらい、真面目に勉強して、決まりを守って、俺のこと見習うようにって大人が自分の子供に言うくらい……」

稜の言葉の途中で、伊沙は我慢できなくなって、その肩に手を回した。

ぎゅっと抱き締めると、稜が遠慮なく伊沙の方へ体重を預けてくる。その重たさに、伊沙はたとえようもなくほっとした。

「母さんも、多分俺も、この子のこと自分たちと重ねて見てるんだと思う。……俺は、この子に俺みたいな気持ちを味わわせたくない。この子は絶対笑われたり邪魔にされたり蔑《さげす》まれたりしちゃいけない。一人で放っておかれて、一人で知らない家に連れて来られても、こいつ泣かないだろ。泣けないいんだよ。泣いたら母親が困るって知ってるから」

伊沙の方が、我慢できなかった。男の子は泣かなかったのに、みっともないと思いつつ、両目から涙が滲むのを止められない。

(稜も、泣かなかったんだ)

辛そうな稜を慰めるために抱き締めてやりたかったのに、これでは泣いている自分を慰めてもらうために、相手に縋《すが》りついているみたいだ。

そう思いながらも、伊沙はやっぱり泣くのを止めることはできない。

「稜はもう、泣いていいって。母さん困らせるのまだ嫌なら、俺の前でだけ泣けばいいじゃん。俺に甘えるのとか我儘《わがまま》言うの、気持ちいいって言ってただろ」

「……泣いてるのは、伊沙だろ」

答えた稜の声は、どこか笑っている。

稜が泣いた自分を慰めるつもりで笑っているのか、泣いている自分が滑稽《こっけい》で笑っているのか、頭の中も胸の中もぐちゃぐちゃになった伊沙にはわからなくて、たしかめるために少し体を離し、相手の顔を覗き込んだ。

稜の表情も笑っている。

それが嬉しそうな顔だったから、伊沙はますますぼたぼたとみっともなく涙を落としてしまう。

「俺はいいよ、伊沙が代わりに泣いてくれるから」

「俺が泣いたって意味ねーじゃん……」

もう一度、伊沙は稜の体を抱き締めた。

できるなら、小さい頃の稜のそばに行って、同じように抱き締めてやりたいと願い、それが叶《かな》わないことが悔しかった。

◇◇◇

ようやく連絡のついた余一は、いつもより随分早い時間に会社から戻ってきた。

須永という女性とは、連絡がつかないという。

男の子は一度目を覚まし、江菜がつきっきりで食事を与えたり風呂に入れたあと、また眠ってしまった。

江菜が客間に布団を二組敷いて、片方に男の子を寝かせ、自分がそばで寝ると言い、稜は男の子の寝顔を見下ろす江菜の向かいで、自分も同じようにその様子を眺めた。

余一はまだ女性と連絡を取るため、あちこちに電話をかけたりしている。

伊沙は落ち着かない様子だったが、泣き過ぎて腫《は》れた顔が恥ずかしいらしく、風呂場に籠《こ》もっている。

泣いていた伊沙のことを思い出すと、稜はどうしようもなく幸福な気分になった。

子供の頃に味わった辛さとか悲しさとか悔しさなんて、それだけで全部吹き飛んでしまうくらいだった。

(……でも)

同じくらいの不安が、稜の中で渦巻いている。

須永という人が子供を連れて家に来た時から、ずっと不安だった。

「決めなくちゃね」

ぽつりと呟いた江菜を、稜は見上げる。

江菜は何か決心した顔をしていた。

「ごめんね、稜」

「……」

稜は何も応えることができなかった。

ただ、江菜の気性は、息子である自分が一番よく知っているのだろうなと、そう考える。

そのまま母子して無言でいるうち、携帯電話を手にした余一が客間に姿を見せた。

「申し訳ない、まだ、先方と連絡が取れない」

「――余一さん」

江菜が余一を振り返り、布団の上できっちり正座をして、相手を見上げた。

「稜の父親のこと、以前お話ししましたよね」

余一がかすかに眉を顰《しか》めながら江菜を見返し、黙って頷く。

「小さな子供には、父親が必要です。須永さんと裕也君に、私や稜のような気持ちを味わわせたくありません。どうか、あなたがこの子の父親になってあげてください」

「ちょ……っ、ちょっと待って、何言ってんの母さん！」

誰より早く江菜の言葉に反応したのは、廊下から余一を押し退けて客間に飛び込んできた湯上がりの伊沙だった。部屋の様子を見に来た時に江菜の話が聞こえたらしい。

「絶対変だろそれ！　何で母さんが親父を余所の人に譲らないといけないんだよ！」

「伊沙、あんまり大きい声出すと、裕也君が起きるから」

稜が声をかけたら、伊沙に思い切り睨《にら》まれた。

「おまえも、落ち着いてる場合じゃないだろ！」

稜が冷静なわけではまったくなかったが、それ以上に激昂している伊沙は気づかなかったらしい。

「そりゃさあ、再婚相手が余所に子供作ってたって聞いて、親父のこと嫌になったっていうのならわかるけど。それだったら俺も仕方ないとは思うけど、でも余所の子のためって、変じゃん」

「この子は余所の子じゃないわ。余一さんの子で、伊沙君の弟よ」

伊沙君、と他人行儀に戻った江菜の言葉を聞いて、伊沙が顔を歪《ゆが》める。もどかしそうに、濡《ぬ》れたままの髪をぐしゃぐしゃと掻《か》き混ぜていた。

「やー、だからさー……」

「余一さん、心当たりはあるんでしょう?」

伊沙から余一に視線を移し、江菜が静かに訊ねた。

「昨日須永さんのお話を最初に聞いた時、そういう顔をしていましたよね」

江菜もやはり、余一が完全な潔白ではないと、そう思っている。

「私と出会う前のことであれば、私に余一さんを責める権利はありません。でも、ご自分の子供や困っている須永さんを見捨てるような方であれば、私はあなたを尊敬して一緒に暮らしていくことはできません」

江菜がそう言い出すであろうことは、稜も予測していた。

「母さん……」

伊沙の方は、途方に暮れた顔になっている。江菜がここまで覚悟しているとは思っていなかったのだろう。

「江菜さん」

困惑する伊沙の隣で、余一も床に膝をつき、正座になった。至極真面目な顔で、江菜のことを見ている。

「須永さんのことは、説明したとおり身に覚えがない。だがもしあなたがこちらを許せないのなら、離婚には応じます」

「ちょっ、待て！　何テンパってんだ馬鹿親父！」

伊沙が力一杯余一の頭を掌で殴りつけたので、稜はさすがにぎょっとした。親に暴力をふるう子供なんて、稜の常識の範囲外だった。

「待って母さん、今のなし。この人冷静そうに見えて、全然取り乱してるから。余計なこと百周くらい考えて、わけわかんないとこに着地しただけだから」

余一を押し退けるように、伊沙も床に正座して、さらに江菜の方に身を乗り出した。

「……あのさ、この朴念仁《ぼくねんじん》のオッサンのこと、ちょっとでも好きで結婚したなら、信じてくれないかな。身に覚えがないって言ってるなら、本当に身に覚えがないんだよ。この人、口数少なくてたまに喋っても面白いこと何も言わないけど、嘘だけはつかないから。それは絶対、十六年息子やってる俺が保証するから」

江菜が困惑した様子で、伊沙と余一のことを見比べている。余一は黙り込み、ただじっと江菜のことを見ている。

「あと、こんなこと俺が言ったらいけないのかもしれないけど、でも我慢できないから言うけど、せっかく稜に父親ができたのに、いくらこの裕也って子が可哀想だとはいえ、稜からそれ取り上げるのはおかしいよ」

江菜が、ハッとしたように目を見開いて、稜の方に視線を向けた。

稜には何も言えず、江菜から視線を逸らす。

（……馬鹿、母さんのこと困らせると思って、俺は黙ってたのに）

「それに俺だって嫌だ。母さんのことも……稜のことも好きなのに、何でバラバラにならないといけないの。つい昨日、家族旅行行こうって言ってたばっかじゃん。——自分らだけ我慢すれば全部うまくいくとか考えるの、変だよ。そんなんで丸く収まるわけなんかないじゃん」

伊沙の言葉の最後の方は、泣くのを堪《こら》えるような、掠《かす》れたものになっていた。

「ああもうやだ、泣くとか、俺だって全然キャラじゃねえんだけど……っ」

ごしごしと腕で顔を擦る伊沙を見て、江菜が戸惑った顔になっている。

伊沙が、今度は余一の背中を拳で殴りつけた。

「……わかった、離婚に応じると言ったのは撤回する。すまなかった」

息子に殴られた余一が、頷いてそう言う。

「もう一度、きちんと話し合う時間をくれないか。まだ須永さんも摑まらないし」

「余所の人のことはどうでもいいんだよ、おまえと母さんについて話し合えっつってんだよ」

「伊沙、お父さんをおまえなんて呼んじゃ駄目よ」

さらに余一の背中を殴った伊沙を、江菜が条件反射のように窘《たしな》めた。

江菜は慌てて自分の口許を押さえたが、伊沙は洟《はな》を啜《すす》り上げながら笑った。

「稜、部屋行こうぜ」

伊沙に呼びかけられ、稜は頷くと立ち上がる。

「ああもう俺、水分なくなって乾涸《ひか》らびるんじゃねえのこれ」

廊下に出ながら、伊沙が不貞腐《ふてくさ》れた顔でぼやいている。泣いてしまったことが恥ずかしくて、不機嫌になっているらしい。

「もー寝る。大人は勝手に話し合え。これで親父が甲斐性《かいしょう》発揮しなかったら、こっちだって見捨ててやるわ。ったく稜だって平然とした顔でさあ」

怒った顔と声でぶつぶつ言うと、伊沙はそのまま自分の部屋に引っ込んでしまった。

「……」

稜はぼんやりと、目の前で閉じられた伊沙の部屋のドアを、しばらくみつめた。

◇◇◇

(くそっ、恥ずかしい……)

ベッドに突っ伏して、伊沙は一人で煩悶《はんもん》していた。

高校生にもなって、今日はあまりに泣きすぎた。

稜の子供の頃の話を聞いて泣いたところまでは、まあいい。自分の許容範囲内だ。

だが江菜と余一の前で、離婚したら嫌だと泣き喚《わめ》くような真似をしたことが、どうにもこうにも恥ずかしくて、居たたまれない。

（まあ、俺が恥ずかしいのはいいとして……）

あの場合、自分よりも余一の方がはるかに格好悪かった気もする。しかし余一が格好悪ければ江菜に見捨てられる確率が上がるので、あまり伊沙の慰めにはならなかった。

（……それより稜は、大丈夫か？）

さっきはすっかり頭に血が昇って思い至らなかったが、稜が一切江菜にも余一にも口出ししなかったことが、今になって伊沙の気に懸かる。

（あれは絶対、言いたいこと、我慢してたんだ）

江菜に賛成するなら、そう口に出して言っていただろう。

なのに黙っていたのは、言いたいことを『言ってはいけない』と我慢していたせいだ。

伊沙は枕にごしごしと顔を擦りつけ、泣き濡れたみっともない顔を拭《ぬぐ》うと、ベッドの上に身を起こした。

それとほとんど同時に、コツコツと、聞き逃しそうなくらい小さな音でドアがノックされた。

「――稜？」

相手が誰なのかはすぐにわかって、伊沙が呼びかけると、ドアが開いて稜が姿を見せる。

「……入っていいか？」

訊ねられて、伊沙はすぐ頷いた。

「いいよ。俺も稜のとこ行こうと思ってたところだったから」

稜は暗い顔をしていた。

不安でたまらないという表情で自分の方へ歩み寄ってくる稜を、伊沙は手を伸ばして引っ張り寄せて、頭を抱えるように抱き締めてやった。

「……伊沙と離れたくない」

伊沙が聞き出すまでもなく、稜が絞り出すような声で本心を告げた。

「あの子を自分と同じ目に遭わせたくないって思うのに、でもそれより、伊沙と離れたくないって思ってしまう」

「俺だって稜と離れたくないよ」

稜は自分の気持ちが勝手だと、自分を責めているようだった。でもそんな必要はないと、せめて勝手なのは稜だけじゃないとわからせるために、伊沙はすぐに同じ言葉を返した。

「っていうか、離れる意味がわからない。だろ?」

伊沙は稜の頬を両手で挟み込んで、じっと相手の顔を覗き込んだ。

だがなぜか、稜には目を逸らされてしまう。

「……でも俺、家族の伊沙だけが必要で離れたくないわけじゃない」

稜の表情には、後ろめたさが滲んでいた。

「そんな理由で、あの子から父さんのこと取り上げていいのかわからない」

「何で？　いいじゃん」

稜にそんな顔をして欲しくなくて、伊沙は必死に言い募る。

「家族の『好き』じゃないと一緒にいちゃいけないのか？　そしたらこの世に恋愛結婚なんかなくなって、見合いでしか夫婦になれなくなるぞ？」

「そういうことじゃなくて――」

「そういうことだよ。いたい人同士がいたい人と一緒にいればいいんだよ。俺、稜といたいよ」

稜がさらに反論しようとする動きを見取って、伊沙はそれを制するように、自分の唇で相手の唇を塞《ふさ》いだ。

思っていたような抵抗が、稜からはなかった。稜は大人しく伊沙と唇を触れ合わせ、少し体から力が抜けたような感じで、ベッドの上に膝をついて座っている。

(稜が何考えてんのか、すげぇわかる)

一緒に暮らし始めて、学校でもそばにいるようになってから大して日数は経っていないというのに、伊沙には稜の内心を誰より理解している自信があった。

家族だからそばにいられるのに、家族同士のものではない感情でそばにいることに、迷っている。

迷っているのに、こうして触れ合っているのが気持ちよくて——離れられなくて、困り果てている。

(もっと気持ちよくなればいいだろ)

伊沙には迷いなんてなかった。やりたいことはやる。誰かに怒られても知らない。譲れそうなところはどうにか譲っても、そうできないものをやめる気なんてさらさらない。

「……っ、……ん」

伊沙が触れ合った唇の間からそっと舌を相手の方に差し込むと、稜が驚いたように体を揺らした。

「い、伊沙」

焦ったような声がしても構わず、伊沙は稜の頬を摑んだまま、自分の舌で相手の舌を探して、動かす。

「待……」

稜は身動《みじろ》いで、伊沙を押し退けようと手を動かしている。逃げる稜の唇を追いかけたら、その勢いで稜がベッドの上にひっくり返り、伊沙は稜の体の上に乗り上げる格好になった。

「ごめん……っ」

謝ったのは、稜に思い切り体重をかけてしまった伊沙ではなく、乗られた稜の方だった。

理由はわかる。稜の脚のつけ根辺りに、伊沙の腿《もも》が触れている。その腿に、硬く盛り上がったものが、ズボン越しに当たっていた。

「ごめん伊沙」

「大丈夫だって」

勃起した自分に、伊沙が嫌悪しないかと、稜は怯えている。

泣き出しそうな顔で身を強張らせている稜が、伊沙には可哀想で、可愛い。

「俺のも……」

伊沙は稜の手を探して摑み、ぎこちない仕種で、稜と同じように反応している場所へと導いた。稜に触れて、今までよりももっと深いくちづけで繋がった時、驚くくらい簡単に伊沙の体は芯から熱くなった。

服越しに稜の手の感触がわかり、震えと恥ずかしさを堪えながら、稜の目を覗き込む。

「……な?」

「……」

自由な方の稜の手が、おそるおそるの動きで伊沙の頰に伸びてきた。

その手に導かれて、伊沙はもう一度稜と唇を重ねる。

今度は稜の方から、伊沙の唇を割って舌を差し入れてきた。伊沙もそれに応える。さっきも今も、いまいちどう動かしたものかはわからなかった。何しろ誰かとこんなキスをするなんて初めてなのだ。なのに自然とそうしたくなって、衝動に任せて稜に触れた。

稜も同じだろう。お互い下手くそで、でも一生懸命なキスをした。

稜の舌の温かさを口の中で感じるたび、伊沙は自分でも驚くくらい、びくびくと大きく体を震わせた。触れているのは唇と口中だけなのに、背中とか、腰とか、脚がいちいち反応してしまう。

「伊沙の……もっと触ってもいいか?」

もっとも反応して、先刻より硬さを増している場所に片手を当てたまま、稜が訊ねてきた。こくこくと、伊沙は小さく頷きを返す。ただ手を当てられているだけでは物足りなくて、稜に触って欲しくて仕方がなかった。

「……ん」

ズボンと下着越しに、形をたしかめるような動きで、稜が伊沙の膨らみを撫でる。

(風呂入ったばっかなのに、汚れる……)

弱い力で撫でられるだけで、勃ち上がった先端から雫《しずく》が零《こぼ》れて、伊沙の下着を濡らしている。

稜が触りやすいようにと、相手の両脚を跨《また》ぐような格好になって、伊沙は稜から与えられる感触に気持ちを傾けた。

「稜……直接触って……」

稜の動きは遠慮がちで、逆に伊沙を辛くする。恥じらう余裕もなく、伊沙は稜に懇願した。

稜は伊沙の望みどおり、すぐに下着の中に手を入れてきた。

「あっ、ぁ……あ……ッ」

先端を握られ、掌で擦られて、伊沙はまた大きく体中を震わせてしまう。

(声……今、親父と母さん、下で話し合ってるのに……)

あまり声を漏らしてしまわないように、伊沙は稜の首筋に唇を押しつけた。稜の体も小さく震えている。

「伊沙も……」

間近で、吐息混じりの稜の声がした。その声の響きにすら、伊沙はぞくぞくと背筋を震わせる。低くて、熱っぽくて、いやらしい声。稜のこんな声を聞くのなんて、世界で自分だけだと思ったら、伊沙はまたいつかのような優越感を味わった。

稜の首に顔を埋めたまま、片手で稜の下肢の中心を探る。すぐにみつかった。見なくても、感触でそこがどのくらい張り詰めているのかはよくわかる。伊沙も直接触れてみると、稜のペニスはぐちゃぐちゃに濡れていた。擦ったら、稜の声以上にいやらしい水音が立った。

「伊沙の……すごい、どんどん硬くなる……気持ちいいか？」

言ってやりたかった台詞《セリフ》を稜に取られてしまった。

「ん……もう、出そう……」

最初はぎこちなかった稜の手の動きが、今は伊沙を追い詰めるため、熱心に根本から先端へと何度も繰り返されている。脚からは力が抜けていく感じなのに、稜の体を跨いだ腰が、勝手に揺れて、高く持ち上がっていった。

自分がどんな格好をしているのか思い至る前に、伊沙は稜の手の中へと精液を吐き出した。

「ぁ……、……っ……」

射精の間、目が眩《くら》みそうな感触を味わう。自慰くらいはそれなりにしたことはあるが、誰かの、稜の手でいかされるのがこんなに気持ちいいなんて、思いもしなかった。

「くそー、俺だけ……先に……」

一人だけ達してしまったのが恥ずかしかったから、自分でする時はこんなに早くないと言い訳しそうになったが、伊沙は危うく踏み留まった。余計恥ずかしくなるところだった。

稜のものは、伊沙の手の中でまだ硬さを保っている。それが悔しくて、伊沙は仕返しのような気分で、きつく稜のペニスを扱《しご》き立てた。

「んっ……」

滅茶苦茶に擦るうちに、稜が声を漏らし、手に温かく濡れたものがかかるのを感じた。

「……稜も、出た？」

「……出た……」

頷いた稜を見て、伊沙は満足すると、相手の下着の中から手を抜き出した。

そのまま、立てていた膝を落とし、稜の上に全身を乗せる。それほど体格が違うわけではないから重たいだろうが、気にしない。稜も文句など言わず、伊沙の背中に手を回してきた。

「……人の触るのも、人に触らせたのも初めてだよ、もー……」

伊沙は自分でも何がおかしいのかわからないが、笑い声で言って、稜の肩口に目許を押しつけた。

「……嫌だったか？」

すぐ近くから、伊沙にとっては馬鹿馬鹿しい質問が降ってくる。

もぞもぞと身動いで、伊沙は上から稜のことを見下ろした。

「嫌に見えたか？」

訊ねると、稜は応える代わりのように、自分と伊沙の体の間を手で探ってきた。

「もう一回……」

「え」

射精したばかりの場所が、また稜の手に捕らえられる。

だが稜の手がすぐに出て行ってしまい、怪訝に思っていると、今度はズボンに指をかけられた。稜が伊沙の服を脱がそうとしている。

「りょ、稜?」

「見たい」

「……」

稜に甘えられて、伊沙が嫌だと思ったことは、これまで一度もなかった。

今も同じだ。

「見て、面白いもんでもないと思うけどなあ……」

さすがに自分から脱ぐのは恥ずかしかったが、脱がそうとする稜の動きに協力して、ささやかに腰を持ち上げる。

稜は伊沙の腿の半ばまで下着とズボンを一遍に下ろし、伊沙は稜に仕種で促され、上半身を相手の体の上に起こした。

「くそ……恥死にする……」

ついさっき達したばかりなのに、何でかまた勃起しかけている部分を隠そうとしたら、稜の手に阻まれたので、伊沙は代わりに片手で顔を覆った。

遠慮のない稜の視線を、脚の間に感じる。

「……やらしいな、伊沙」

「おまえがさせてんだろうが」

言い返したところで、稜の指が性器にかかる感触がして、伊沙は身を固くする。

「つ、次、稜のも、見せてもらうからな」

「わかった」

相手のことも恥じらわせるために言ったつもりの台詞だったのに、力強く頷かれてしまった。

「可愛い、伊沙……」

おまけにそういう場所を見た感想にしてはなかなか屈辱的なことを言われたが、真っ赤になって相手を睨んでみれば、稜が見ているのは下半身ではなく自分の顔だったので、さらに恥ずかしくなって絶句してしまう。

「……っ……ん……」

何か文句を言おうとしても、稜の手にゆっくりと感触を味わうような動きでペニスを擦られて、伊沙は結局言葉にならない、短い声ばかりを漏らす羽目になった。

「……伊沙、もっと、していいか？」

「……え……」

もっと、と言われた意味を、すぐには捉えかねる。

涙の滲み出してきた目で伊沙が相手を見遣ると、稜は熱っぽい、伊沙と同じように潤んだ目をこちらに向けている。

「やり方、よくわからないけど……何か、できる気がする」

「えっ、え?」

稜の両手に、腰を摑まれた。混乱しているうちに、中途半端に下ろされていたズボンを下着ごと全部剝がされ、ベッドに膝を立てて、稜の体を跨いで腰を突き上げるような格好を取らされる。

さっきと同じような姿勢だが、違うのは、伊沙の頭が稜の爪先の方に向いていることだ。

「え、稜……、……!?」

戸惑って振り返ろうとした伊沙は、強い力で尻を摑まれ、背中を大きく震わせた。

稜の手が、余裕のない動きで伊沙の尻や腰を摩る。そんなところさえも、稜に触れられて反応することを、伊沙は初めて知った。

「うわっ、や……その辺、駄目……ッ」

腰骨の辺りに触れられれば、伊沙の体はさらに顕著に反応する。

稜は最初遠慮がちに触れ、伊沙が抵抗しないでいるのを見ると、次第に大胆な動きで尻を揉《も》んだり、内腿に触れたり、しまいには唇でそれと同じ場所を吸い上げたりし始めた。

「んっ、あッ……、……駄目って、マジで、ぁ……」

稜の唇や舌が、尻の狭間に滑っていく感触を、伊沙は信じがたい気分で味わっていく。

（そこ、使うのか……）

男同士でどうするのか、伊沙にも簡単な知識くらいある。男なら使える場所はひとつだし、女の子とするより、むしろ迷わなくていいんじゃないかとか思いついて、自分の発想の馬鹿馬鹿しさについ笑いが漏れた。

（そういう問題じゃない、っていうか）

「はは……、あ、……んっ、やぁ！」

だが覚悟していた場所に濡れた感触がきて、伊沙は笑ってもいられなくなった。

「嘘、稜……ッ……ん、やだ、何かやだ……そんな、ぬるぬるさせんな、って……」

思いっ切り、濡らされている。外側から内側に、稜の舌と一緒に唾液が入り込んでくる感じがする。

「……も……何がなんだか……」

見えないから、何をされているか、感覚を頼りに想像するしかない。

自分と稜が今どんな格好で何をしているか、頭に思い浮かべた途端、恥ずかしさのあまり伊沙の頭からなけなしの冷静さが吹き飛んだ。

「んっ、あ……あぁッ……、……」

「痛かったら、言って」

少し上擦って聞こえる稜の言葉のあと、濡らされた場所に、多分指が潜り込んできた。

「――ッ!!」

長いものが、ぐっと体の中に押し入れられる。痛くはないが、熱い。稜の指がそんなに熱いわけでも、自分の体が熱いだけなら熱さを感じるわけもないのに、どうしてかとにかく熱いと感じる。

「……ま、待って、稜、そっち、棚……塗るもの、あるから……」

指だけで終わりそうもないのは、わかる。そしてこの状態で稜の、さっき触れたあんなものを押し込まれては、死んでしまうかもしれない。

それが怖ろしくて、伊沙はうろたえながら壁際の棚を指さした。冬場肌がかさつくので使っている、保湿用のローションがあるはずだ。

ずるりと、体の中から異物感が抜けた。稜がベッドを降りて、すぐにまた戻って来るのが気配でわかる。伊沙は別に自分が動き回ったりしたわけでもないのに、やたら息切れして、ベッドに組るように荒い息をついたまま、動くことができなかった。

「……こういうの使ってるんだ……」

何か感心したような稜の声が聞こえる。

「それ、いいんだよ、俺冬になると肌渇いて、粉っぽくなって嫌……で……、……ッ」

もう一度、指が体の中に入ってきた。

さっきよりも抵抗なく、自分がそれを受け入れたことが伊沙にもわかる。稜の指は濡れていた。ローションを使ってくれたのだろう。

「……中、柔らかい……」

どこか陶酔したような稜の声と共に、伊沙の中で指が好き勝手に動く。

「んっ……、あ、あんま、動かすの、なしで……」

擦られるたび、伊沙はぞわぞわした感触がその辺りから体中に広がっていく気がして、うろたえた。

（な、何でこれで、気持ちいいんだ？　稜に触られてるから？）

稜に触られているところだけではなく、下腹の辺りに、むずむずしたもどかしい感触が湧き上がっている。

自分でおそるおそる触れてみると、さっき稜に一度射精させられたペニスが、反り返るくらいの硬さになってまた先走りを零している。

「伊沙——そのまま自分で、してて」

中を蠢《うごめ》いていた指が、また抜き出された。

「え、あ」

稜に言われて、伊沙は自分の行為の恥ずかしさに気づいた。触れたものを、無意識のうちに指で擦っていた。

「それで、こっち……させて……」

「……ッ……！」

また指で弄られることを予測していたのに、高く腰を掲げさせられた伊沙の窄《すぼ》まりに触れたのは、指よりももっと太くて硬くて熱いものだった。

「こういうふうに、するんだよな？」

問われても、伊沙に頷けるはずがない。

「むっ、無理、稜、無理、やだそんな、広がるわけ……」

受け入れる覚悟もないままの伊沙の中に、稜が遠慮のない動きで、先端を押し込んでくる。

「——でも……入りそう、だ……」

「……や……、あ……ッ」

片手で痛いほど腰を掴まれた。あまりに強い力で、その痛みよりは、稜が中に潜り込んでくる方が、苦痛は少ないくらいだった。

「痛、痛いって、手、離せって……！」

とにかくほとんど肉のない腰を指で締めつけられるのが痛くて、伊沙は涙を滲ませながら、自分のものを摑んでいた手で稜の手を叩いた。

稜が、やっと気づいたように指の力を緩めてくれる。

ほっとしたのも束の間、伊沙は稜の腕に腹を抱き寄せられ、自分の中により深く稜のペニスが入り込む感触を味わわされた。

「ぁ……、……ん……」

腿を滴ってシーツを濡らすほどローションを使われているせいか、最初に怯えたほどは辛くない。

――むしろ、中を擦られる感触は、これまでの人生で味わったことのない強烈な快感だった。

純粋に気持ちいいわけではない。気持ち悪さと、心地よさが、滅茶苦茶に混じり合ったひどい感覚。でも耐えきれずに漏らした声からは、隠しようのない快楽が滲んでいる。

「伊沙……伊沙……」

おまけに、後ろから聞こえてくる稜の声も、悦楽に浸りきったまたいやらしい響きで、それにも伊沙は翻弄《ほんろう》された。

「ごめん、止まらない……ッ」

稜は夢中になって、伊沙の中を自分の昂ぶりで擦っている。

「……いい……、……中、気持ちいいから……」

せっかく触れ合っているのに、稜に謝られるのは嫌だった。

だから強すぎて辛い感覚も、恥ずかしさも我慢して声を絞り出したら、中を擦る稜の動きももう少し早く、もっと荒っぽくなってしまった。

「あっ、あ——ッ、……ん……」

後ろから突かれるたびに体全体が揺れて、頭の中がぐらぐらして、伊沙は何も考えられなくなるし、自分が何を言っているのかもわからなくなる。

ただ稜と繋がっている場所に起きているひどい熱を感じながら、自分でもそうと気づかないまま、シーツの上にもう一度射精していた。

「……は……」

自然に体が強張る。ぎゅうっと、自分の体が稜のものを締めつけてしまう感じはわかった。

「……っ……く」

低く、稜の切羽詰まったような声が聞こえた。

(……中、出された……)

荒い息が、自分のものなのか、稜のものなのか、区別できない。

伊沙は何だかやけに頭がぼんやりしてきて、目を開けていられず、ふっと瞼《まぶた》を閉じた。

そのあとのことは、全部わからなくなった。

◇◇◇

随分気持ちよさそうな寝顔だ。手枕でそれを眺めていた稜は、相手を起こしてしまわないよう気遣いながら、小さく笑いを零した。

伊沙の中に遠慮もなしに射精してしまい、その上伊沙がぐったりと動かなくなった時は、これまでの人生でもそうはないというくらい狼狽《ろうばい》した。

取り乱しながらベッドに倒れ臥《ふ》した伊沙を起こして見れば、具合が悪くなったとかでもなく、急に眠ってしまっただけのようだった。

どうやら出すものを出すと、眠たくなる体質らしい。

(可愛い)

寝顔も可愛いし、喘《あえ》いでいた姿も可愛いし、震えながら精液を吐き出したあの場所も、自分を受け入れてくれたあの場所も、みんな可愛い。

伊沙の全部が可愛くて、稜は倖せなのに、途方に暮れた。

(――離れたら、伊沙がいないと、生きていけない。伊沙と会う前の自分に戻りたくない)

少し前までの自分は、伊沙にとって本当に嫌な奴だっただろう。口うるさくて、押しつけがましい、嫌味な委員長。

伊沙は絶対自分のことが嫌いだったはずだ。稜だって伊沙が嫌いだった。

でももう今は、伊沙と離れることを考えるだけで、息ができなくなるくらい苦しくなる。

「……ん」

じっと稜がみつめる先で、伊沙が小さく声を漏らし、瞼を開いた。

「稜……?」

薄く目を開けてすぐ、伊沙が稜を探すような仕種を見せた。

(可愛い)

伊沙が稜の顔をみつけて、目をしょぼしょぼさせながら手を伸ばしてくる。

「おまえも、寝ろよ……?」

半分寝ぼけた調子で言いながら、伊沙が手枕の腕を引っ張るので、稜はその腕で伊沙の体を抱いた。

伊沙が気持ちよさそうに笑い、すぐにまた瞼を閉じる。

「……好きだよ、伊沙」

たまらなくなって、稜は絞り出すような声で本音を呟いた。

「うん、俺も」

また寝入ってしまったと思ったのに、返事が聞こえて、稜は驚いた。

顔を見ると、やっぱり伊沙は眠っている。

(寝言か)

こっちは真剣に言ったのにと思いつつも、稜はおかしくて笑ってしまう。

笑いながら、泣きそうな気分にもなった。

(本当に、伊沙が好きだ)

多分この心は、自分が——自分を取り巻く『常識』が何より嫌う、『異常』なことだ。

少し前までの自分だったら、明るみになれば他人から否定されるこの気持ちを、間違っているからいけないと、捨ててしまえただろう。

でも今は譲れない。

この気持ちを殺して、二度と伊沙に触《さわ》れないのなら、きっと死んだ方がマシだ。

あんなに心地よくて倖せなことが二度と許されないというのなら、じゃあ一体何のために生まれて生きていくのか、わからなくなる。

（……伊沙はやっぱり、頭いいな）

やっと稜が辿り着いた答えを、伊沙はもう少し前に口にしていた。

（絶対、誰にも、俺から伊沙を取り上げさせない）

そう決意して、稜は伊沙を抱き締めたまま、目を閉じた。

◇◇◇

翌朝、まだ随分早いうちに、一人で勝手に目が覚めた。

「え、伊沙が起きた」

目を開けると、驚いた稜の声がする。

ベッドに起き上がってみれば、すぐそばに制服に着替えた稜の姿があった。

「まだ六時前だぞ」

「マジでか。何だ、奇蹟か……」

呟きつつ、伊沙は何となく自分の体を見下ろした。

脱いだはずの下着もズボンも、ちゃんと身についている。

（稜か）

どうやら着せ直しておいてくれたらしい。

そう気づいたら伊沙は無性に恥ずかしくなり、俯いて口許を手の甲で押さえた。

――あまり弛んだところを稜に見せるのも、みっともないだろう。

「母さんたち、ずっと起きてたみたいだ」

だが稜の言葉を聞いて、急に身の引き締まる思いがした。

「伊沙が起きたら、呼んで来いって」

「……そっか」

伊沙は頷き、ベッドから降りた。

「じゃ、行こうぜ」

なるべくあっさりした調子で言って伊沙は歩き出すが、稜がついてこないので、一度部屋の中に戻り相手の手を取って、外に出た。

稜の手を引いたまま、伊沙は階段を下り、居間に向かった。

居間のソファには、裕也が大人しく座って、早朝の子供番組を楽しそうに眺めていた。

余一がダイニングテーブルで新聞を開きながらコーヒーを飲み、キッチンでは江菜が忙しく食事の支度をしている。

「伊沙、稜、おはよう」

江菜が伊沙たちに気づいて、声をかけてきた。

特に江菜からも余一からも説明を受けたわけではないのに、伊沙は妙な力強さでそう確信した。

(あ、何だ。大丈夫だ)

余一が読んでいた新聞を畳み、目顔で伊沙と稜を間近に来るよう促してくる。伊沙はまだ稜の手を引いて、父親の前に向かった。

「——で?」

「このまま須永さんがみつからない場合は、警察と児童相談所に連絡して、その子を引き取ってもらう。可哀想だが、うちはうちの家族で暮らしていくことで精一杯だ。まだ始まったばかりの家だしな」

「だから、そういう話を真っ先にするんじゃなくてさあ」

伊沙が呆《あき》れて首を振ると、いつの間にかキッチンを離れていた江菜が、座っている余一の隣に並んで立った。

「昨日は、心配かけてごめんなさい。離婚のことは取り消します」

そう言って、江菜が伊沙と稜に向けて頭を下げる。伊沙は少し慌てた。

「えっ、いや、母さんが謝ることないよ、悪いのは隙があった親父なんだし——」

「――余所の子のことばかり考えて、肝心な自分の子供のこと……稜のことも、伊沙のことも考えられなかったし、何より、一生添い遂げようって決めた大切な人のことを信じられなくて、恥ずかしいの」

言葉どおり、恥じ入った様子で江菜が言う。

「駄目ね、裕也君を見たら、稜の小さい頃のこと思い出して、私が守らないとって思い込んじゃって……ありがとう、伊沙」

「俺？」

お礼を言われて今度は首を捻る伊沙に、江菜が笑って頷いた。

「稜のことも、私のことも好きなのに、どうしてバラバラにならないといけないのかって。自分たちだけ我慢すればうまくいくと思うのがおかしいって、言ってくれたでしょう。本当にそのとおりだって気づいたの」

伊沙に向けて言ってから、江菜が稜へと視線を移す。

「私、稜にまたひどい我慢を押しつけようとしてたわね。ごめんね」

「……」

稜は江菜に笑って首を振り、何か言おうと口を開きかけて――そのまま俯いた。

伊沙は繋いだ手に、ぎゅっと力を籠める。言いたいことをちゃんと言えるよう応援したつもりだったのに、伊沙の仕種のせいで稜は余計に言葉を詰まらせ、小さく嗚咽《おえつ》を漏らした。

「稜——」

江菜が少し驚いた顔になり、稜が両親の視線から逃れるように、伊沙の方へ顔を向ける。

伊沙は江菜と余一の目を憚《はばか》る必要も感じられず、伊沙の背中を思いっ切り抱き締めた。

「よかったな、これからも一緒に暮らせるんだ」

かすかに震えながら、稜が頷く。

ソファを見ると、男の子が伊沙たちの方を見て、わけもわからないだろうに、嬉しそうに笑っていた。

伊沙は何とも言えない気分で男の子を見返し、ただ、笑い返した。

8

「伊沙、お弁当」

廊下に出たところで江菜に声をかけられて、伊沙は慌てて居間に取って返した。

「あーごめんごめん忘れるとこだった！」

「お財布も置いたままだったわよ」

江菜が笑って差し出す弁当箱と財布を、伊沙は情けない顔で笑い返しながら受け取る。

「ごめん、ありがとう」

「あら、袖《そで》、汚れてる」

「え？」

指摘されて見てみれば、江菜の言うとおり伊沙の制服の袖に、小さく油汚れのようなものがついている。

「うわ、さっきのマヨネーズかも……」

「そのままじゃ汚点《しみ》になっちゃうわ、ちょっと待ってね」

江菜が慌ただしくキッチンに走り、濡らした布巾《ふきん》を持って、伊沙のところまで戻ってくると、汚れた袖を拭《ふ》いてくれた。

「お水じゃ駄目ね。帰ったら汚点抜きしてあげるから、今日はこのままで我慢して」

「伊沙！　早くしろよ、電車間に合わないぞ！」

玄関の方から、業を煮やしたような稜の声がする。伊沙はまた慌てた。

「今行くって！」

「さっさとしないと置いていくからな！」

「待てっての、今行くって言ってんじゃん！」

焦る伊沙と、急《せ》かす稜の遣り取りを聞いて、江菜がおかしそうに笑い声を立てていた。

「やあねえあの子、威張っちゃって」

「もー厳しいよ。スパルタだよ稜は……」

大仰に嘆いて見せながら、伊沙は江菜が笑っているのが嬉しかった。江菜も嬉しいのだろう。いい子すぎる稜が、伊沙には遠慮なく言いたいことを言っている様子を見て。

（わざとらしく仲いいふりしてた時より、嬉しそうだよな）

いってきます、と江菜に告げて部屋を出ると、洗面所から出てくる余一と鉢合わせた。

「あれ親父、遅くない？」

いつもなら伊沙たちが学校に向かう時間、余一も身支度を終えているはずなのに、今日はまだパジャマだ。

「今日は休む」

「え、水曜なのに？」

今日は平日だ。休日出勤もそう珍しくない余一が会社を休むなんて、ただごととも思えず、伊沙は驚いた。

「具合でも悪いのか？」

「いや――」

「今日は二人でお出かけなの」

言葉数が少なすぎて、伊沙に状況がわかるような説明をしてくれない余一に代わり、廊下に顔を覗かせた江菜が言った。

「余一さんが有休を取ってくれたから、ちょっと映画とか、お食事にね。お夕飯までには戻ってくるから」

江菜は嬉しそうににこにこしながらそう説明してくれた。

どうやら、デートらしい。

伊沙もにやつきながら父親を見遣ると、余一はいつもと変わらぬ無表情だった。だが目許に少し照れた色があるのは、長らく息子をやっている伊沙にはわかった。

「別に遅くなってもいいよ、俺と稜なら勝手にメシ作って喰うし――」

「伊ー沙ー」

玄関から、さらに苛立《いらだ》った稜の声がする。

「本当に置いてくぞ！」

「はいはいはいはい、じゃあいってきます」

「いってらっしゃい、気をつけてね」

江菜の挨拶を背中で聞きながら、伊沙は玄関まで急いで走った。

稜はすでに靴を履き、玄関のドアを開けた状態で待っていて、現れた伊沙のことを睨みつけてくる。

「悪い悪い、行こう」

伊沙もすぐに靴を履き、玄関を出て、稜と並んで駅に向かい始めた。

「走るぞ」

稜に促されて、伊沙はその隣を走り出す。ちょっとのんびりしすぎたかもしれない。

「俺までとばっちりで遅刻したら、恨むからな！」

尖《とが》った声で言う稜が、でもそれほど怒っていないことを伊沙は知っている。本気で怒っていたら、待たずにさっさと先に行ってしまっただろう。

「ごめんって。昼ジュース奢《おご》るから、許して」

走りながら必死に両手で拝むと、もう『仕方ないな』という感じに稜の目許が笑っている。

大急ぎで駅に向かい、伊沙と稜は、どうにかギリギリ電車に間に合った。


昼休みになると、伊沙はすっかり二人で私物化している空き教室で、いつものように稜と落ち合った。

「そういえば、朝はすぐに行くって言って、何を悠長に話してたんだよ?」

並んで弁当を開きながら、思い出したように稜が伊沙に訊ねてくる。

「ああ。今日さ、親父、有休取って母さんとデートだって」

にやつきながら伊沙が言うと、稜が少し驚いた顔になってから、やっぱり笑った。

「どうりで、朝から母さんがそわそわしてると思った」

「親父が有休取るのなんて、俺が中二の時に騎馬戦の大将になった時の運動会をわざわざ見にきて以来だぞ。——まあ、親父なりに謝罪みたいなもんなのかなあ」

呟いた伊沙に、稜が小さく「なるほどな……」と呟いていた。

裕也という男の子が倉敷家に一人で現れた日から、十日ほどが経つ。

　──男の子の母親は、あの二日後になって、自分から倉敷家を訪れた。

『ごめんなさい……自分だけじゃ裕也を育てる自信がなくて、倉敷部長が再婚したことを聞いて、私よりよっぽど裕也のことを倖せにしてくれるって思いついたら、その考えが頭から離れなくて……』

　行方をくらましていたたった二日で、げっそりと病的に窶《やつ》れた顔になっていた女性に、伊沙は文句を言う気が潰《つい》えてしまった。

　本当は、もしまた顔を合わせることがあれば、相手が息子や、自分たちの家族に対してどんなに酷《ひど》い、最低の行為をしたのか、何が何でも責め立ててやるつもりだったのに。

　須永という女性は、倖せな結婚で退社したはずだったのに、子供が生まれた直後に結婚相手の浮気が発覚し、借金を残して蒸発され、その後女手ひとつで必死に息子を育ててきたらしい。

　だが息子の言葉が他の子供よりずっと遅く、それを周囲から『母親の愛情が足りないせいだ』と暗に責められ、思い詰めていた時、余一の再婚話を耳にしたという。

『優しくて、亡くなった奥さんに一途だった倉敷部長のことを思い出して、そんな人に愛されて再婚する相手の方なら、きっと私なんかよりずっとうまく子供も育てられるだろう、って……』

最初に子供を連れて倉敷家に押しかけた時、そこがあまりに理想の家庭だったから、余一たちに自分の子供を預けること以外、考えられなくなった。

『裕也を預けて、自分はどこかで死のうって思ったんです。裕也がいなければ、生きてる意味なんてありませんから。でもやっぱり、裕也に会いたくて……申し訳ありません……』

家に上がることすら拒み、玄関の三和土《たたき》に額を擦りつけて土下座する女性を、倉敷家の誰も責めることができなかった。

(馬鹿だなと思うし、うち引っかき回して傷つけたことは、やっぱ全然許す気起きないけど)

おそらくあの場で一番怒りを覚えていた伊沙すら口を噤んだ時、彼女に声をかけたのは江菜だった。

『私もね、前の夫を亡くして、父親のいない子供を育てたの。大変なこともあったけど、子供の存在が一番の倖せになった。あなたも頑張って』

優しいというより、厳しい声で言った江菜に、女性は泣き崩れながら何度も頷き、子供を引き連れて帰っていった。

「一番悪いのはどう考えたってあの須永って人だったけど、親父も対応悪すぎたからなあ」

自分たち家族の前に突然嵐のように現れ、嵐のように去っていった母子について思いを巡らせ、伊沙は大きく溜息をついた。

「そう言ってやるなよ、父さんだって、巻き込まれただけなんだし」

「スケベ心を出したのが悪いんだよ、いい歳したオッサンが、部下にさあ」

稜は苦笑気味に宥《なだ》めるが、伊沙は呆れ声で言い返す。

女性が最初に家に来た日、『身に覚えがない』と言ったはずの余一がなぜ動揺していたのか、伊沙たちは江菜を通じて教えてもらった。

『余一さんね、その出張の時、須永さんに泣かれて、抱き締めてしまったんですって』

どうやらそれが後ろめたくて、うろたえていたようだ。

『裕也君のお父さんとうまくいってなくて、泣きながら縋ってくる須永さんを邪険にできなくて、背中に手を回してしまった、って。でもそれ以上のことは断じてしていないから、信じてくださいって』

話す江菜が、怒ったり傷ついた様子をしていなかったことに、伊沙は心底ほっとした。

『多分だけどね、須永さんは、余一さんに憧《あこが》れてたんじゃないかしら。亡くなった前の奥様だけを想い続けていた余一さんに好意を持っていて、だから縋ってしまったんだと思うの。今回のこともね』

伊沙にしてみれば本当に勝手な話だと腹が立って、そう口にも出したが、江菜は女性に同情気味な様子だった。

『余一さんは優しいから、頼ってしまう気持ちはわかるわ』

結局惚気《のろけ》になってしまいそうなので、稜と共に、江菜の前から逃げ出した。

「母さんは親父を過大評価しすぎだよ。まあしてくれたおかげであんなボケッとしたオッサンと再婚してくれたんだから、ありがたいけどさ。結局スケベ心で須永さん抱き締めて、罪悪感で動揺して、母さんに無駄に心配かけるとか、情けないっての」

四年前の出張とやらの時に一切手を出さないか、女性が来ても抱き締めただけだというのならうろたえたりせず毅然《きぜん》としていれば、江菜に離婚を切り出すような真似はさせずにすんだはずだ。そう思うと我が親ながら不甲斐なくて、伊沙は呆れてしまう。

ぶつぶつと悪態を吐《つ》く伊沙に、隣を歩いていた稜が小さく首を傾げた。

「情けなくないだろ。やっぱり父さんは、誠実な人だと思う。抱き締めただけで責任を感じたほどなんだ、実際に手を出してたら、そのまま別れたりなんかせずに、ちゃんと須永さんとのこと考えたんじゃないかと思う」

「まあ……そりゃそうかもしれないけど」

自分の父親は甲斐性がないというよりも、真面目すぎるのだということは、伊沙にもわかっている。

「俺は今回のことで、ますます父さんを好きになった。迷惑かけられたのに、須永さんの借金のこととか、裕也のこととか、力を貸してあげたり」

女性が帰ったあとも、大人同士の間では、少し小難しい話し合いがあったようだ。

その結果として、男の子は自分の母親と暮らせるようになったし、女性はもう少し周りの助けを得ながら子育てができる手続きなどを行うらしい。余一や江菜自身が直接手を貸すわけではなく、そのやり方を教えたり、会社の法務部の伝手《つて》で相談ができるように取りはからったりしたそうだ。

「そこは、俺もよかったと思うけどさ。生きてんなら、子供は自分の親と暮らせんのが一番だもんな」

言いながら、伊沙はちらりと隣の稜を見遣った。

稜は少し、寂しそうに見える。

女性が戻ってくるのを待つ間、稜は本当によく子供の面倒を見ていた。食事を食べさせてやったり、着替えさせたり、一緒に風呂まで入ったり。

最後の日には、稜の部屋で一緒に寝たりもしていた。

（その間俺は、稜から放っておかれたわけですけど……）

離れたくない、などと縋ってきた割に、離れなくていいとわかったあとの稜の態度は、あんまりだった。何より男の子を最優先にされて、伊沙は正直多少面白くない気分になったりもした。

さすがに大人げないので黙っておいたが。

「デートか。……母さん、弟か妹産まないかな……」

稜は伊沙が思ったとおり、あの男の子について考えていたらしい。

「稜はあれだな、根本的に子供好きなんだな、意外なことに……」

「伊沙は嫌いなのか？」

「普通だけど」

「……何か機嫌悪い？」

眉を顰めて、稜が伊沙の顔を覗き込んでくる。

伊沙は苦笑して首を振った。

「いや、そういうわけじゃなくて。……でも俺がおまえと結婚して子供産める相手だったら、何かまた違ったのかなあ、とか、ついそんなことを考え……」

「えっ」

ぎょっとした顔になったのち、赤くなった稜を見て、伊沙まで何か慌ててしまった。

「いやいや、別に俺が子供産みたいとかそういう話じゃなくてな!?　そうじゃなくて、ただ単純に、稜が欲しいもんを俺があげられたらいいなあって思ったのと……あと、まあ違わないのかもしれないけど、やっぱ普通に結婚できるとかなら、一生一緒にいられんのになあとは思うわ……ほら、稜は抵抗あるだろ、こういうの」

間違った生き方を嫌う稜にとって、伊沙と——男同士であれこれすることが、多少でも気分的な負担になるのではと、そこはやっぱり伊沙も心配だった。

（今は色々誤魔化しきくからいいかもしんないけど、高校卒業した後とか、それこそ親父たちに子供でもできたら、面倒なことあれこれ出てくるだろうし……）

「俺はいいよ」

思い悩む伊沙に、稜が言った。

「いいって、何が？」

「伊沙と一生一緒が。兄弟だからそばにいられるのに、兄弟の気持ちじゃないからうしろめたいっていうの、たしかにあるけど。でもいい、俺と伊沙がこういうふうにするの、外から見たら間違ってても——」

言いながら、稜が伊沙の肩を抱き寄せてくる。目許に唇をつけられて、くすぐったさに軽く首を竦《すく》めながら、伊沙は稜の言葉の続きを待つ。

「誰にも口出しされないように、一生隠し通すよ。今までどおり、見えるところではちゃんと真面目に生きる。隠れ蓑《みの》が大きい方が秘密を守りやすいだろうから、俺は頑張っていい大学入っていい会社に就職して出世して、『倉敷さんはいい男なのに結婚しないの?』って聞かれても、『俺に釣り合う女性がいないもので』って応えられるようにするから」

稜は大真面目な顔で、そんな計画を伊沙に打ち明けた。

「だから伊沙、一生一緒にいよう。今の法律じゃ結婚はできないけど、もうどうせ同じ籍だし、必要ないだろ」

「……そっか。そうだな」

「俺は伊沙といられるためなら、何でもする」

きっぱりと言った稜の決意を聞きながら、伊沙は思い切り相手の頭を抱き締めた。

「俺も。何でもする。ばれないように頑張る」

稜が身動いで、その意図を察すると伊沙は相手の頭を抱く腕からちょっと力を抜いた。お互い探り合うように唇を寄せて、ごく自然と唇を重ね合う。

(——おんなじおかずの味がする)

伊沙と稜の弁当の中身は同じだ。キスすると、同じ味付けのからあげの味がして、伊沙は何だかおかしくなった。

どうやら稜も同じことを感じたらしく、小さく笑いながらそっと唇を離した。

「弁当食べてる最中にするもんじゃなかったな……」

「弁当倍喰ったみたいでお得でいいじゃん」

伊沙も笑いながら壁に寄りかかって座り直し、でも離れがたくて稜の肩にぎゅうぎゅうと自分の肩を寄せた。箸を持つ腕に擦り寄られて邪魔だっただろうに、稜は文句も言わずにやっぱり笑っている。

「伊沙のクラスの、高月《たかつき》たちには、やっぱりいっそ兄弟だってばらした方がいいと思う。さっきもまた、おまえらつき合っちゃえばとか言われるし……」

たしかに今日も二人で弁当を食べるためにどこかへと消えようとする伊沙と稜の姿を見て、高月から「人目を忍んで逢い引きしてるみたいだな」とからかわれた。

いつもどおり悪のりのふりで「じゃあ逢い引きしてきます」と返しておいたが、そろそろ本気で訝られている気がしないでもない。

「そうだなあ、兄弟にしたって仲よすぎだろうけど、兄弟だからって言っておけば、誤魔化しやすい気がする」

「それともいっそ、前みたいに多少仲が悪いふりでもするか？　『倉敷、何だその頭は。またネクタイ忘れたのか？　そんなにじゃらじゃらピアスだの何だのつけて、頭が軽い分の重量でも補ってるのか？』とか」

「うっわ、懐かしい、何かもうすでに懐かしい、稜のその嫌味ったらしい喋り方……！」

馬鹿馬鹿しい相談を、二人で笑いながらする。

一学期までの嫌味な優等生然とした態度を久しぶりに目の当たりにして、伊沙は改めて、稜の変貌《へんぼう》ぶりにしみじみした。

(俺の前以外じゃ、高月たちに対してだって、まだどっか優等生ぶってはいるけど——)

それでも他の生徒や、それに親たちの前でも、稜からは前ほど張り詰めた雰囲気が感じられない。

そのことを、よかったなあと、伊沙は心から思う。

「でもまあ、兄弟ってことにしといた方がいいよ。稜がムカつく委員長の演技できても、俺無理だから。多分ばれるから、おまえのことすごい好きなのは」

「……そうか」

稜が項垂《うなだ》れてしまった。稜は一生隠すと決意してくれたのに、無理だと早速音をあげる自分に呆れられてしまったのか——と思って相手の顔を伊沙が覗き込んだら、目許が赤くなっている。

照れているらしい。

「じゃあ、弁当食べ終わったら、学食行こう。高月たちに、実は兄弟になりましたって、ばらそう」

「おう、兄弟なのでよろしくお願いしますってな」

深く頷き、伊沙は稜に請け合った。

しかしやっぱり兄弟にしても仲がよすぎると疑われた場合、戸籍謄本などが必要なのかもしれない。

考え込む伊沙の隣から、稜の小声の呟きがぶつぶつと聞こえてくる。

「……ついでに市役所で、婚姻届とか無闇にもらってくるかな……」

（ああ、もう俺本当、稜が何考えてるのかわかるわ……）

恥ずかしくて転げ回りたくなるような、それ以上に倖せな気分に浸りながら、伊沙は今日も美味《おい》しい江菜手作りの弁当を口に運んだ。

あとがき

毎日毎日コツコツとコンビニで炭酸水を買って飲んでいるので、そろそろ店員さんからは『ウィルキンソンタンサン女さん』と呼ばれていそうな気がひしひししていました。

恥ずかしいので、今度はネットで箱買いをするようになったんですが、それはそれで割と頻繁に注文するので、宅配の人から『またウィルキンソンタンサンか』と思われてる気がします。

かつて運動をやっていた頃、監督から炭酸を飲んではいけない令が発布されていたので、六年間本当に一回も炭酸を口にしませんでした。元々は苦手だったのでそんなに苦ではなかったんですが、夏の炎天下で走り回った後などは他の友達が飲んでいるのを見て（炭酸飲んじゃ駄目って言われて馬鹿正直に守っているのはわたしだけであった…）、飲みたい！　猛烈に!!と思ったことが数度あり、その反動か今は炭酸大好き女になってしまいました。

ダイエットで我慢してたお菓子を食べると美味しいし止まらないとか、禁煙して諦めたあとに吸う煙草は美味しいしやめる前より確実に量が増えるみたいな感じですごい飲む。

今もタンサンを飲みながらあとがきを書いています。炭酸じゃなくてタンサンなところが好きですウィルキンソン。

あと高校生とか兄弟が大好きです。ここから急に文庫の話です、すみません。

兄弟ものは好き過ぎて放っておくとそればかり書いてしまうので自主的に封印していて、今も実の兄弟ネタはお仕事では書かないようにしているんですが、たまに封印した紙が千切れて中身がはみ出ます。今回は担当さんの方から『義兄弟はどうですか』と振っていただけて、大手を振って書けるので嬉しかったです。ありがとうございました。たた楽しかった。

そしてイラストを木下《きのした》けい子さんにつけていただきました、カバーも口絵も伊沙と稜の距離感がたまらぬ感じのラブさですごく嬉しいです。ありがとうございます。表紙の二人の位置関係と距離と視線と姿勢に、このお話のすべてが集約していて、正直本文いらないのでは！　と思いました。イラストを楽しむためにも本文をお読みいただけますとさいわいです。

読んでくださった方にはありがとうございます、どこか一箇所でもお気に召しましたら、一言なりともご感想などいただけると嬉しいですサイトとかTwitterとかやってます。

ではでは、この本が作られる・売られるためにご尽力くださったみなさま、お手にとってくださったみなさまに感謝しつつ、この辺で。

二〇一一年　秋　渡海《わたるみ》　奈穂《なほ》

この本を読んでのご意見、ご感想を編集部までお寄せください。

《あて先》〒105－8055 東京都港区芝大門2－2－1 徳間書店 キャラ編集部気付
「兄弟とは名ばかりの」係

■初出一覧
兄弟とは名ばかりの……書き下ろし

Chara

兄弟とは名ばかりの……【キャラ文庫】

2011年10月31日　初刷

著者　渡海奈穂
発行者　川田 修
発行所　株式会社徳間書店
〒105-8055　東京都港区芝大門2-2-1
電話048-451-5960（販売部）
03-5403-4348（編集部）
振替00140-0-44392

印刷・製本　図書印刷株式会社
カバー・口絵　近代美術株式会社
デザイン　佐々木あゆみ

ISBN978-4-19-900640-1

キャラ文庫最新刊

ブロンズ像の恋人

剛しいら

イラスト◆兼守美行

孤独に彫像を作り続ける真砂《まさご》。けれどある日、理想的な肉体を持つ良平《りょうへい》と出会う。良平をモデルに"完璧な恋人"を作り始めるが!?

H・K《ホンコン》ドラグネット④

松岡なつき

イラスト◆乃一ミクロ

クレイグへの執着をますます強めてゆくジェイソン。そんな時、二人の関係が下克上を狙う野心家の部下に知られてしまい…!?

二本の赤い糸

水原とほる

イラスト◆金ひかる

会社員の一実《かずみ》の秘密は、同性の友人二人に高校時代から抱かれ続けているということ——。けれど、淫らな日々に終わりが迫り!?

兄弟とは名ばかりの

渡海奈穂

イラスト◆木下けい子

高校二年生の伊沙《いさ》はある日、父親の再婚で同じ高校の優等生・稜《りょう》と兄弟に!! 怠惰な伊沙は、真面目な稜とぶつかってばかりで!?

11月新刊のお知らせ

高遠琉加　[神様も知らない]　cut／高階 佑
遠野春日　[獅子の系譜(仮)]　cut／夏河シオリ
凪良ゆう　[恋愛前夜]　cut／穂波ゆきね
松岡なつき　[FLESH《フレッシュ》&BLOOD《ブラッド》外伝(仮)]　cut／彩

11月26日(土)発売予定

お楽しみに♡